SPERONATA

STEELE RANCH - 1

VANESSA VALE

ISCRIVITI ALLA NEWSLETTER

Unisciti alla mailing list per essere informato per primo su nuove uscite, libri gratuiti, premi speciali e altri omaggi dell'autore.

http://vanessavaleauthor.com/v/db

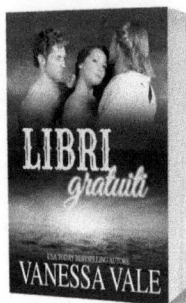

Vale, Vanessa
Titolo originale: Spurred

1

𝒞ORD

«Cazzo.»

L'imprecazione mi sfuggì non appena la vidi. Non c'era altra parola per descriverla. Era *troppo* bella ed io ero *troppo* fottuto. Avevo sperato che le foto che avevo visto di lei fossero state sbagliate. Che i suoi capelli non fossero di un bel rosso acceso. Che i suoi riccioli non mi si sarebbero impigliati nelle dita quando l'avrei tenuta ferma per baciarla. Che non avesse delle lentiggini sul naso. O dei seni pieni, dei fianchi morbidi. Un bellissimo sedere sodo.

No, una sola occhiata a quelle foto che mi aveva inviato il mio investigatore e mi era venuto subito duro. Era perfetta. E quando le avevo fatte vedere a Riley, lui aveva annuito, d'accordo con me. Non c'era stato bisogno di parole.

E adesso, trovandomela di fronte nel suo bel vestitino a fiori, le spalle scoperte ad eccezione di due spalline sottilissime che tenevano su il tutto, mi ritrovavo assolutamente, completamente fottuto.

Perchè era mia. Mia e di Riley. Questa donna, la prima figlia degli Steele ad essere stata rintracciata e ad essere venuta nel Montana, era già decisamente rivendicata. Solo che ancora non lo sapeva. E tutto quello che le avevo detto era stato "Cazzo".

E, naturalmente, con quell'unica parola, avevo rovinato tutto. Lei trasalì e sollevò lo sguardo su di me, sorpresa e con una leggera nota di timore negli occhi. Quando fece un passo indietro e si guardò attorno nell'area del ritiro bagagli in cerca di una via di fuga o di qualcuno che potesse aiutarla, strinsi forte la mascella.

Già, mi capitava spesso. Ne scopavo tante, ma non le avrei fatto del male. Non le avrei *mai* fatto del male. Avevo pensato più volte a come sarebbe stato il nostro primo incontro, e non andava così.

L'avevo spaventata. Meno male che mi stava guardando in faccia e non si era accorta del modo in cui la mia erezione mi premeva dolorosamente contro la zip dei jeans. *Quello* avrebbe potuto spaventarla *davvero* perchè ero enorme. Sotto ogni punto di vista. Non vedevo l'ora di farle scoprire quanto fossi effettivamente grande, penetrandola con ogni singolo centimetro del mio grosso pene nella sua piccola vagina calda.

Non era una donna minuta; mi arrivava al mento con indosso quei sandali da cittadina che non le sarebbero serviti a nulla in un ranch del Montana. Erano molto sexy, e pensai alla sensazione che mi avrebbero provocato quei tacchi premuti nella schiena quando le avessi sollevato il bordo dell'abitino sensuale per scoparmela. Sì, la mia erezione non sarebbe di certo svanita presto. Non finchè non mi fossi infilato dentro di lei, soddisfando quel bisogno con una bella scopata. Come se fosse possibile, poi. Quella... brama che provavo per lei non sarebbe mai svanita.

Per cui l'erezione rimaneva. Se avesse visto ciò che mi stava facendo, sarebbe fuggita a gambe levate.

Era l'ultima cosa che volevo. La volevo il più vicina possibile. Così vicina da trovarmi spinto fino in fondo dentro di lei.

Mi schiarii la gola, mi tolsi il cappello, me lo appoggiai contro la coscia e mi coprii con la tesa. Cercai di pensare ad altro che non fosse una scopata. Sì, volevo fare ogni genere di sconceria con lei, sbavarle quel rossetto – diamine, vederlo ricoprirmi il cazzo – ma quello sarebbe successo dopo. Adesso dovevo impedire che fuggisse alla ricerca dell'ufficiale di sicurezza aeroportuale più vicino. Dovevo comportarmi da gentiluomo, anche se avrei voluto essere tutt'altro.

«Kady Parks?» chiesi, sollevando una mano come in segno di resa. Magari mi stavo arrendendo davvero, perchè tre settimane prima, praticamente in un battito di ciglia, ero passato da felice scapolo al sentirmi suo. Irrevocabilmente. Vederla nelle foto dell'investigatore – di lei che usciva dalla sua scuola e parlava con un paio di suoi studenti, che portava un sacchetto della spesa fino in macchina, che si dirigeva alla palestra del centro con un tappetino da yoga sotto braccio – mi aveva praticamente tolto dalla piazza. Non sapevo cosa fosse che mi attirava in lei, ma non c'era modo di tornare indietro, ormai.

Non che mi stessi lamentando. Affatto. Era da un po' che volevo sistemarmi, ma non avevo mai trovato *quella giusta*. Ma da quando il mio investigatore mi aveva mandato le sue foto, lei e soltanto lei aveva popolato le mie fantasie. Nessun'altra donna mi sarebbe mai più andata bene. Mi facevano male i testicoli per il desiderio di prenderla, gettarmela in spalle e portarmela a casa

VANESSA VALE

per farla mia nel mio letto finchè non fossi riuscito ad alleviare un po' la brama che avevo di lei. Il mio cervello – a cui non stava più arrivando sangue dal momento che mi scorreva tutto a sud della cintura – stava cercando di dirmi di rilassarmi. Sarebbe stata mia. Dovevo solamente dire qualcosa di più di "cazzo".

«Sì,» rispose lei. Aveva la voce morbida, melodica e perfetta per lei. Come mi ero immaginato che sarebbe stata. Tuttavia, celava una nota di timore, e dal momento che ero stato io a instillarle quella luce negli occhi e quella vibrazione nella voce, era mio compito sistemare la cosa.

Le rivolsi un sorriso piccolo e, speravo, rassicurante. «Mi chiamo Cord Connolly.»

Il timore si sciolse dal suo volto come neve al sole, svanendo tanto in fretta quanto era comparso. Riconobbe il mio nome, sapendo che facevo parte del comitato di accoglienza.

«Sei enorme.» Si coprì la bocca con una mano, spalancando gli occhi sorpresa. «Scusami! Ovviamente ne sei consapevole,» annaspò, le parole soffocate tra le dita. Le guance le si erano colorate leggermente di rosa per via dell'imbarazzo.

A quel punto io risi, facendomi scorrere una mano sulla nuca. «Non preoccuparti. Sono enorme.»

Lei lasciò ricadere la mano, ma doveva ancora riprendersi dall'umiliazione, dal momento che stava facendo scorrere lo sguardo ovunque tranne che ad incrociare il mio. «Football professionale?»

Lentamente, scossi la testa. «College. Avrei potuto diventare un professionista, ma ho scelto un'altra strada.»

Lei piegò la testa di lato, i capelli che le scivolavano sulla spalla scoperta. Rimasi incantato da quella vista, geloso del modo in cui un ricciolo ribelle le accarezzava la pelle pallida. Mi chiesi se evitasse il sole o se si ricoprisse di crema protettiva.

4

E ciò deviò i miei pensieri sull'idea di spalmarle lozione su tutto il corpo. Senza perdermi neanche un centimetro. Mi schiarii la gola. «Militare.»

«Oh, be'. Grazie per aver servito la patria.»

Annuii leggermente, non abituato a sentirmi ringraziare per ciò che avevo fatto. Era stato un lavoro, uno che avevo svolto bene prima di uscirne, di avviare la mia agenzia di sicurezza personale. Il mio passato non era poi così interessante, per cui cambiai argomento. «C'è anche Riley Townsend, sta parcheggiando il furgone.» Feci cenno con la testa in direzione delle porte scorrevoli da cui ero entrato. «Mi spiace di essere arrivati tardi a prenderti.»

Lei sorrise ed io repressi un gemito. Aveva le labbra piene, con un lucidalabbra brillante. Una specie di rosso. O prugna. Un colore dal nome femminile. Era così maledettamente frivola, tutto l'opposto di me. Delicata. Fragile. Alto più di un metro e novanta per centodieci chili, in confronto io ero un uomo di Neanderthal. No. Un uomo delle caverne. La razza più basilare di un uomo che trovava una donna e voleva gettarsela in spalle per portarsela nella propria caverna. Per tenersela. Per rivendicarla. Per marchiarla.

«Non c'è problema. Il mio volo è atterrato in anticipo.»

Mi schiarii nuovamente la gola, riflettendo su quanto davvero desiderassi marchiarla, quanto desiderassi vedere il mio seme gocciolarle da quelle labbra piene o magari ricoprirle il ventre e il seno. Colarle tra le gambe lungo le cosce. O bagnarle l'ano vergine. Oh sì, quella piccola apertura doveva ancora essere violata. Solo a guardarla ne avevo la certezza. Non c'era modo che qualcuno potesse aver già rivendicato quel premio.

Non dissi nulla. Non potevo. Non avevo parole. Non mi funzionava il cervello. Ce ne restammo lì in piedi a fissarci. Non riuscivo a distogliere lo sguardo. Non riuscivo a credere che fosse reale. Tutta pelle di pesca color crema e profumo di limone. Era lì. Sarebbe stata mia. *Nostra.* Dovevo solamente fare in modo di non rovinare tutto.

Cazzo. Questa volta, tenni quella parola per me. Continuavo a pensare *mia, mia, mia,* come una litania. Un disco rotto. Strinsi un pugno per impedirmi di allungare la mano, di accarezzarle i capelli setosi, facendole scorrere le dita lungo la linea allungata del collo, sulla clavicola delicata che le spuntava dalla spallina del vestito.

Gli atri passeggeri si muovevano attorno a noi. Un bambino stanco piangeva in un passeggino che ci passò accanto. Il messaggio di sicurezza registrato risuonava dagli altoparlanti nascosti. Nessuno si accorse della scarica elettrica che ci attraversò. Il modo in cui l'aria scoppiettò di desiderio. Di brama. Di attrazione istantanea.

Lei non ne rimase immune. Di certo, si mostrò sorpresa. A giudicare dal modo in cui i capezzoli le premevano contro il tessuto leggero dell'abito, le piaceva ciò che vedeva, magari molto più di quanto non si aspettasse di trovare di suo gradimento. Mi rimaneva solo da chiedermi se bramasse accogliermi tra le sue gambe.

«Eccoti.»

La voce di Riley ruppe l'incantesimo e Kady si voltò a guardare il mio amico che ci raggiungeva. Il *suo* marito che ci raggiungeva. Sì, saremmo stati i suoi mariti. Non solo Riley. Entrambi. Strano, sì, ma non me ne fregava un cazzo. La stavamo rivendicando. Non che l'avremmo fatto presente, in quel momento, ma se ce la fossimo portata a letto, se le avessimo fatto tutte le cose che pensavo di farle – e altre ancora – alla fine avrebbe avuto il nostro anello. Non le avremmo mai mancato di rispetto a quel modo.

Kady guardò Riley mentre si avvicinava. Il sorriso caldo che aveva sul volto era il suo solito,ma in qualità di suo migliore amico, sapevo che il passo accelerato era dovuto al desiderio impellente di conoscerla così come era stato per me. Tuttavia, dal momento che aveva guidato lui e aveva dovuto parcheggiare, io ero stato fortunato e l'avevo trovata per primo.

«Kady. È un piacere incontrarti, finalmente, dopo tutte le email e le telefonate. Riley Townsend.»

Riley allungò una mano e prese la sua, la strinse e poi non gliela lasciò andare.

Educatamente, lei sorrise in automatico, ma io notai i suoi occhi illuminarsi mentre lo esaminava. Sì, era interessata. Meno male. Se io e Riley avessimo voluto una relazione come tutte le altre, sarei stato geloso del modo in cui Kady stava studiando ogni singolo centimetro del suo corpo. I suoi capelli buondi, i suoi occhi azzurri, il suo sorriso pronto. Era alto quasi quanto me, ma aveva il fisico di un corridore, non di un difensore di football. Di lui non aveva paura.

No, non si era nemmeno accorta del fatto che le stesse ancora tenendo la mano.

«Voi due vi siete di certo mangiati tutte le verdure che vi dava la mamma da piccoli,» commentò, le sue parole velate da una traccia di umorismo che le curvò leggermente gli angoli delle labbra. Gli occhi le brillavano.

«Sissignora,» rispose Riley, rivolgendole quel suo sorrisetto sghembo che faceva eccitare tutte le donne.

«Le altre sono già arrivate?» chiese lei, guardandosi attorno.

Non era immune al bell'aspetto di Riley, ma era troppo una signora per concedersi così a lui. Se non altro lì in aeroporto.

«Le tue sorelle?» domandai io, desiderando che mi guardasse. Lei lo fece ed io avrei potuto giurare di scorgere delle pagliuzze dorate nei suoi occhi oltre al verde smeraldo delle iridi.

«Sorellastre,» specificò Riley, nonostante conoscessi bene la differenza. «Per quanto abbiamo trovato cinque di voi, cinque figlie di Aiden Steele che hanno ereditato parti uguali di questo ranch e di questa tenuta, siamo stati in grado di contattarne solamente tre.»

«Quello è compito mio. Rintracciare le altre due come ho fatto con te,» approfondii.

«E in quanto avvocato della tenuta, io mi occupo delle scartoffie,» Riley si battè il petto. «Sono io che ti ho spedito i documenti da firmare.»

«Ancora non ci credo che stia succedendo. Di trovarmi qui.»

Le sue dita giocherellavano con la tracolla della borsa. Era nervosa, sebbene lo stesse nascondendo bene. Non per colpa nostra, ma aveva appena socperto di avere un padre che non aveva mai conosciuto che era morto e le aveva lasciato un'ampia eredità e di avere quattro sorellastre. Sarei stato un po' sconvolto anch'io.

«Sono stata fortunata ad avere le ferie estive a scuola ed essere stata in grado di venire qui.»

«Buon per noi,» commentò Riley, facendole scorrere lo sguardo su ogni centimentro del corpo. Lei arrossì di nuovo ed io osservai il colorito scenderle lungo il collo e sotto la scollatura dell'abito. Quanto in basso sarebbe arrivato?

Fu a quel punto che si ricordò della propria mano e la ritrasse dalla presa di Riley.

Io mi accigliai. Sì, ero geloso di lui dal momento che era riuscito a toccarla. Scommetto che la sua pelle era morbida. Niente calli alle mani. Ce le aveva anche così piccole. Era così fottutamente... fragile.

«Non posso credere di avere delle sorellastre di cui non conoscevo l'esistenza. Niente fratellastri?»

Riley scosse la testa. «Non che sappiamo. Steele» - Riley si schiarì la gola - «si è divertito un po'in giro.»

Aiden Steele era stato un donnaiolo. Mai sposato, aveva vissuto la vita dello scapolo. Una vita da scapolo che se l'era data alla pazza gioia. Certo, non che io fossi un monaco, ma se non altro usavo un cazzo di preservativo, ogni maledetta volta, invece di mettere incinta una sfilza di donne in giro per tutto il paese. Lui se l'era scopate e le aveva abbandonate. Tutte quante.

Kady arrossì nuovamente. Sapevo dal suo fascicolo – dalle informazioni che la mia squadra aveva raccolto sul suo conto – che aveva ventisei anni. Non era dunque una verginella puritana. Però era un'insegnante. Di seconda elementare. Non andava a letto con tutti. Aveva avuto due relazioni durature che eravamo riusciti a scoprire. Niente festeggiamenti folli. Niente fumo o droghe. Non aveva mai visto il lato vulnerabile della società che io invece conoscevo fin troppo bene. Me ne ero sporcato le mani, con le crudeltà del mondo. Nel vedere il suo sorriso, la sua natura dolce, sapevo che nulla di tutto ciò l'aveva mai sfiorata. Sarebbe stato nostro compito, ora, assicurarci che le cose rimanessero così.

Ma suo padre-

«Non stiamocene qui,» disse Riley, interrompendo i miei pensieri. «Hai fatto un lungo viaggio e sono certo che tu sia stanca. Sono queste le tue valigie?» chiese, aggirandola per raggiungere i due grandi bagagli alle sue spalle. Una volta che lei ebbe confermato che erano sue, ne sollevò i lunghi manici e ci fece strada fuori dalla sala di ritiro bagagli, trascinandole entrambe.

«Dammi, lascia che prenda l'altra,» dissi io, sporgendomi per prenderle la borsa a tracolla. Era pesante; un gioco da ragazzi per me, ma per lei sarebbe stato un fardello. Seguimmo Riley attraverso le porte scorrevoli e uscimmo alla luce accecante del sole.

«Sei mai stata nel Montana prima d'ora?» le chiesi,

9

camminandole accanto sulle strisce pedonali verso il parcheggio. Quando il furgone di un hotel non sembrò rallentare, mi fermai e lanciai all'autista un'occhiataccia mentre esortavo Kady in avanti con una mano sulla sua schiena. *Esatto, stronzo. Ci sono io a proteggerla, adesso.*

«No. Prima volta. A dirla tutta, non sono proprio mai stata nel west. Philadelphia è molto lontana da qui.» Diede uno sguardo alle montagne in lontananza. «È proprio il paese del Big Sky.»

L'aeroporto di Bozeman si trovava in una valle, con le Bridger Mountains appena a nord e altri piccoli rilievi che si trovavano più lontano, ma offrivano una vista spettacolare, specialmente per qualcuno che non aveva mai visto qualcosa di simile fino a quel momento.

Riley aveva abbassato il portellone del pickup e stava caricando le valigie mentre noi lo raggiungevamo. Io le aprii la portiera lato passeggero.

«Io sono stato in Pennsylvania. Un sacco di alberi,» commentai.

«Già, un sacco di alberi.» Lei guardò il sedile, poi me. Rise. «Come ci salgo là sopra?»

Per me, la cabina del furgone di Riley era proprio all'altezza giusta. Dovevo solamente mettere un piede sul predellino ed ero dentro. Ma per Kady, con un bel vestitino, dei tacchi e la sua costituzione minuta, la doppia cabina si trovava ben in alto. Specialmente viste le sospensioni installate da Riley. Le misi le mani sulla vita – così maledettamente sottile che con la punta delle dita le sfioravo la colonna vertebrale – e la sollevai facendola salire direttamente sul sedile. Praticamente non pesava nulla, ma era calda e morbida sotto il vestito leggero.

Il suo sussulto sorpreso le sollevò il seno e il leggero rigonfiamento che sporgeva dallo scollo a V dell'abito attirò la mia attenzione. Lentamente, sollevai lo sguardo sul suo viso e mi resi conto di essere stato beccato. Tra il leggero rossore sulle guance e il modo in cui le si scurì lo sguardo, non sembrò darle fastidio.

I miei occhi le caddero sulle labbra, leggermente dischiuse, come se stesse respirando con la bocca. Ansimando. Tutto ciò che avrei dovuto fare era sporgermi di qualche centimetro e ci saremmo baciati. Lo desideravo più di qualsiasi altra cosa. Lei lo voleva. Non si stava spostando, non stava distogliendo lo sguardo da me. Ma quando Riley aprì la portiera dal lato dell'autista e saltò a bordo, l'incantesimo si spezzò. Di nuovo.

Diamine. Non avrebbe dovuto mettersi in mezzo.

Distratto dalle mie riflessioni sul gusto che avrebbero avuto le sue labbra, afferrai la cinura, gliela feci passare attorno e la fissai.

Feci un passo indietro e chiusi la portiera.

Sebbene il furgone di Riley fosse immenso, con un'intera seconda fila di sedili abbastanza spaziosa da ospitare una squadra di taglialegna, o un ex militare che faceva la guardia di sicurezza della stazza di un carroarmato, mi ero sempre rifiutato di sedermici. Fino ad ora. Adesso volevo essere in grado di guardare Kady durante il tragitto verso il ranch quanto mi pareva. Avrei potuto esaminare il suo profilo, vedere l'espressione sul suo volto, il modo in cui i seni le ondeggiavano ad ogni buca o avvallamento sulla strada.

«Dove siamo diretti?» chiese lei mentre Riley usciva dal parcheggio e si immetteva sull'autostrada in direzione ovest.

«Lo Steele Ranch. La tua nuova casa.»

Non per molto. Se tutto fosse andato secondo i nostri piani, sarebbe stata nei nostri letti, in casa nostra. Poteva aver ereditato un ragguardevole pezzo di storia del Montana, ma era comunque nostra.

2

𝒦 ADY

Oh. Mio. Dio.

Era una follia! Dov'era finita la mia vita perfettamente noiosa? Com'era diventata così folle, nel giro di un solo mese? La lista di cambiamenti era lunga.

Ereditare un ranch da un padre di cui non avevo mai conosciuto l'esistenza. Fatto.

Ereditare quattro sorellastre da aggiungere a quella che già avevo. Fatto.

Attraversare mezzo stato. Mai successo prima. Fatto.

Quando avevo inizialmente ricevuto una raccomandata da parte di un avvocato nel Montana, ero stata scioccata nello scoprirne il contenuto. Quando gli avevo parlato al telefono, ero stata rassicurata. E arrivare fin lì era stato emozionante.

Ma adesso?

Seduta in un pickup enorme con due uomini

incredibilmente bellissimi, mi sentivo uscire di testa. Dovevano essersi spruzzati dell'acqua di cologna intrisa di feromoni o qualcosa del genere, perchè nell'istante in cui avevo posato gli occhi su Cord Connolly al ritiro bagagli, mi si era fermato il cuore. Sì, per un attimo mi aveva spaventata, ma non avevo mai visto un uomo così virile, così robusto. Avevo sentito parlare di quella sensazione, quella in cui ti si stringe il cuore, ti cominciano a sudare le mani e il cervello smette totalmente di funzionare di fronte ad un ragazzo.

A me non era mai capitato. Mai. Fino a quel momento.

Cord Connolly mi aveva mandato in tilt il cervello, mi aveva fatto indurire i capezzoli e bagnare le mutandine, il tutto tra un respiro e l'altro.

Era enorme. Dio, me l'ero fatto scappare dalla bocca e avevo fatto la figura dell'idiota. Come se Connor non avesse saputo di essere un gigante. Un difensore di football, ma senza il grasso in eccesso. Un giocatore di rugby australiano. Ecco. Avevo visto una partita sulla tv satellitare una volta e quei tizi erano enormi. Immensi. Massicci. Da far venire l'acquolina in bocca.

Quegli atleti mi eccitavano in ogni maniera possibile, e così anche Cord Connolly. Perfino in modi che non avevo mai pensato possibili.

Cord non era affatto australiano. No, era proprio un maledetto cowboy del Montana. Dall'enorme cappello a tesa larga fino alla punta degli spessi stivali di cuoio. Tuttavia era anche un gentiluomo.

Tranne che per il modo in cui mi guardava. *Quello* non era affatto da gentiluomini. E per qualche strano motivo, a me andava perfettamente bene così. Volevo che mi guardasse con i torbidi pensieri a girargli dentro quella bellissima testa.

Perchè anch'io avevo dei pensieri decisamente sporchi che lo riguardavano.

Gah!

Mi feci scorrere i palmi sudati lungo le cosce, lisciando delle pieghe inesistenti nel vestito. Mi trovavo a duemila miglia da casa, diretta chissà dove con due bellissimi cowboy. «Se solo i miei colleghi insegnanti potessero vedermi adesso,» borbottai, sollevando una mano per sistemarmi i capelli ribelli dietro l'orecchio.

«Troppo vento?» mi chiese Riley. «Posso chiudere i finestrini.»

Io gli lanciai un'occhiata e scossi la testa. «No, la brezza mi piace. Non riesco a credere a quanto sia bello questo posto.»

C'erano solamente un paio di alberi qua e là a disturbare il meraviglioso panorama. Nient'altro che una piatta prateria verde divisa a metà da una strada dritta a due corsie ora che eravamo usciti dall'autostrada. In lontananza c'erano le montagne innevate. Viola contro il cielo azzurro terso. E tutto sembrava estendersi all'infinito.

«Insegni in seconda elementare?» mi chiese Riley.

Avevo la sensazione che lo sapesse già – sapevano così tante cose sul mio conto poichè avevano dovuto rintracciarmi – mentre io non sapevo quasi nulla di loro. Tuttavia, stava cercando di fare conversazione ed io lo apprezzavo.

«Sì. La scuola è finita la scorsa settimana per le vacanze estive. Ho otto settimane libere. Pensavo che le avrei passate a dare ripetizioni appena fuori casa, non nel Montana.» Mi voltai per guardare il profilo di Riley. «Ma voi lo sapevate già dal momento che mi avete organizzato il viaggio.»

Lui distolse lo sguardo dalla strada per appena un secondo e quegli occhi azzurro chiaro mi mozzarono il fiato. Biondo, occhi azzurri. Abbronzatura. Rughe del sorriso a contornargli occhi e bocca. Immaginai che avesse una trentina d'anni. Non l'ultra sessantenne con le sopracciglia bianche e cespugliose che mi ero immaginata.

Ci eravamo scambiati email, telefonate, ma me l'ero immaginato più un tipo paterno che da fantasie erotiche. Come riusciva a farmi arrossire ed eccitare se ero attratta da Cord? Come potevo trovarli entrambi così diversi l'uno dall'altro eppure ugualmente attraenti? Come potevo desiderarli *entrambi*?

Non ero lì per farmela con il mio avvocato e il suo amico. Ero lì per via del ranch, quello che era – per la miseria! – ormai mio, se non altro in parte. Insieme ad un sacco di soldi. Da quanto aveva detto Riley, se avessi mantenuto uno stile di vita ragionevole e fossi stata accorta con la mia eredità, non avrei mai più dovuto lavorare. Niente più ripetizioni delle tabelline o incontri genitori-insegnanti alla costosa scuola privata. Avrei potuto lavorare con bambini che ne avevano davvero bisogno, nelle aree scolastiche il cui badget riusciva a pagare a malapena una miseria ai propri insegnanti.

«Parlaci di te,» suggerì Riley dopo circa venti minuti di strada.

Io mi mossi sul sedile per girarmi verso di lui e, voltando leggermente la testa, riuscivo a vedere anche Cord. «Sei tu l'investigatore privato,» dissi a Cord. «Tu sai tutto sul mio conto.» Mi abbassai lo sguardo in grembo, un po' preoccupata che potesse essere la verità. «Probabilmente perfino che tipo di dentifricio uso.»

«La marca? No, ma mi sembri un tipo da gel.» Cord accompagnò le proprie parole con un ghigno ed io dovetti sorridere e recuperare fiato. Era ancora un po' rozzo, ma quel sorriso lo addolciva in un modo che mi faceva saltare le ovaie di gioia. E si trattava di un semplice sorriso. Se mi avesse baciata, io-

«Gestisco un'impresa di sicurezza,» proseguì lui. «Ci occupiamo di protezione aziendale e personale. Quando tuo padre è morto-»

«Michael Parks,» disse lei, interrompendomi. «Mio padre era Michael Parks, non Aiden Steele.»

Lui mi osservò per un istante con quegli occhi scuri. «È vero. Vediamo se ho capito bene. Tua madre ha sposato Michael Parks quando avevi due anni e lui ti ha adottata e ti ha dato il suo cognome. Era *lui* il tuo vero padre. Aiden Steele è stato solamente un donatore di sperma.»

Ero così grata del fatto che avesse compreso che mi vennero le lacrime agli occhi. Sbattei le palpebre e le ricacciai indietro. Non avrei pianto proprio in quel momento, non di fronte a quei due. «Già, esatto,» dissi infine.

«Quando Aiden Steele è morto, la tua esistenza – e quella delle tue sorellastre – è uscita allo scoperto. Sembra che Aiden sapesse di voi, vi avesse tenute d'occhio, ma non si fosse intromesso. Vi ha semplicemente inserite tutte quante nel suo testamento. In quanto avvocato della tenuta, Riley doveva notificarvi tutte in qualità di parenti stretti, come le sole eredi della sua fortuna, dei suoi terreni. Mi ha chiesto di rintracciarvi tutte. Essendo voi cinque, ho assunto degli investigatori. Quello che hai conosciuto, Johnson, era solamente un impresario.»

«Giusto,» dissi, ravviandomi di nuovo i capelli. I miei riccioli rossi erano sempre ribelli e svolazzavano ovunque con la brezza. «Ti ha comunque inviato dei rapporti. Finora ci hai azzeccato su di me, incluso il dentifricio.»

Lui mi rivolse una leggera scrollata di spalle, spingendomi a guardargli i muscoli ben delineati. «Mi piace imparare i gusti delle donne in fatto di dentifrici in altro modo.»

Mi sentii arrossire le guance al pensiero di Cord in piedi nel mio bagno di prima mattina, che spremeva il tubetto di dentifricio in gel con indosso solamente un paio di boxer. O un bel niente. Perchè avrebbe voluto dire che aveva dormito da me e che mi aveva fatto ogni genere di cosa oscura e sporca.

Il ghigno non era svanito. Mi stava punzecchiando di proposito. No, non punzecchiando. Stava flirtando. E stava funzionando, diamine.

«Per quanto riguarda il resto della tua storia, mi piacerebbe che me la raccontassi tu,» disse lui, lanciandomi un'occhiata obliqua. «Non sei più solo delle parole su un pezzo di carta. Sei fatta di bellissimi capelli e pelle diafana. Occhi verdi e un po' di fuoco.»

Distolsi nuovamente lo sguardo. Dopo quelle parole, non riuscivo più a guardarlo. «Io-Sono nata a Philadelphia. Il mio certificato di nascita riporta il nome di Aiden Steele come mio padre sebbene il mio cognome alla nascita fosse Seymour, quello da nubile di mia madre. Sono certa che ciò ti abbia facilitato le ricerche.»

«Già.»

Riley si fermò ad un semaforo e mi fece l'occhiolino.

Erano entrambi dei seduttori.

«Mia madre si è sposata quando io avevo due anni e ha avuto mia sorella, be', la mia sorellastra, Beth, tre anni dopo.» Feci spallucce. «Ho avuto un'infanzia normale, tranne che per il fatto di non aver mai saputo che mio padre non era realmente mio padre. Cena alle sei. Prove con la band e braccia ingessate. Vacanze al mare ogni weekend della Festa del Lavoro.» Mi interruppi, provando quel dolore che non accennava mai a svanire del tutto. «Quando ero al college, i miei genitori sono stati uccisi. Un incidente d'auto. Avevo ventun'anni, mia sorella diciotto.»

«Mi dispiace,» commentò Riley, allungando una mano e facendomi scorrere con delicatezza le dita lungo il braccio prima di rimetterle sul volante. Il semaforo diventò verde e lui svoltò, dirigendosi ad ovest verso i raggi del sole. «Dev'essere stato – sarà ancora – dura.»

Mi mancavano ogni giorno, ma il dolore più acuto ormai era sbiadito. Mi mancavano gli abbracci, l'affetto, il senso della famiglia. Di appartenenza. «Sì. Io... mi sono adattata. Mia sorella ha avuto più difficoltà di me.»

«Il rapporto diceva droghe.»

Strinsi le labbra. Non avevo idea del perchè avessi anche solo accennato a Beth. Se Cord sapeva del suo abuso di droghe, allora probabilmente lo sapeva anche Riley. Ad ogni modo, non c'era bisogno che conoscessero tutti i miei fardelli; ci eravamo appena conosciuti. E *Beth* era un fardello.

Tuttavia rimasero entrambi in silenzio mentre guidavamo, pazienti. Sapevo che stavano aspettando che io parlassi, che raccontassi loro di lei. Sospirai.

«Sì. Quando i miei genitori sono morti, avevo appena iniziato ad insegnare. Il lavoro era una specie di proseguimento degli studi poichè facevo da assistente a scuola. Quel nuovo lavoro mi teneva occupata. Concentrata. Beth aveva appena iniziato il primo anno al college e i miei erano in viaggio per andarla a trovare al weekend dedicato ai genitori. Dopo... ha lasciato gli studi. Non riusciva a restare a scuola. Si ritiene responsabile della loro morte. Le ho detto più e più volte che non è stata colpa sua, ma non vuole credermi. Vedete, loro avrebbero voluto che fosse andata alla scuola statale, ma lei aveva deciso di andarsene in Florida, desiderando il clima caldo. Se non si fosse trasferita là, loro non sarebbero stati uccisi.»

«È stato un tragico incidente,» mormorò Riley. Mi resi conto solo in quel momento che la sua mano mi stava accarezzando il braccio. Delicatamente. In maniera rassicurante. Sollevai lo sguardo su di lui, annuii.

«Lo so. Ma non c'era niente che la facesse stare meglio. Tranne le droghe. Hanno preso il sopravvento sulla sua vita. Ho cercato di aiutarla.»

Sospirai, ripensando ai gruppi di terapia a cui ci eravamo

iscritte insieme, ai consulenti, ai centri di recupero antidroga. Niente aveva funzionato, mi avevano solamente dato false speranze. Dopo cinque anni, praticamente avevo ormai capito che non c'era modo di riavere la vecchia Beth. Proprio come i miei genitori, quella Beth se n'era andata per sempre.

Per l'incidente più recente, l'ospedale mi aveva chiamata alle tre del mattino. Il vicino di Beth l'aveva trovata nell'atrio del loro condominio, e dopo che era stata stabilizzata, Beth aveva accettato di recarsi in un centro di riabilitazione. Di nuovo. Una permanenza di quattro mesi. Solamente due mesi prima, avevo richiesto un secondo mutuo sulla casa per pagare tali cure. Questo viaggio, la notizia di essermi ritrovata con dei soldi, erano giunti al momento opportuno. Mi serviva una pausa da Philly, e dovevo pagare il mutuo extra. Ma non dissi loro nulla di tutto ciò. Era troppo deprimente. Troppo personale. Tutto meno che sexy. Tanto valeva che avessi indossato un sacco di iuta e avessi avuto un'enorme verruca sul naso visto l'interesse che quei due mi avrebbero dimostrato dopo aver sentito tutti quei fatti sgradevoli. Non volevo parlare di Beth, del mio triste passato. Per cui lo spinsi in una scatola immaginaria e ne chiusi il coperchio.

«Parlatemi di voi due,» dissi, stampandomi in faccia un bel sorriso falso.

Cord mi stava guardando con quei suoi occhi scuri penetranti. Era quasi snervante il modo in cui mi dava attenzione come se non ci fosse altro attorno a lui. Per lui, non c'era alcun bel paesaggio da vedere. Solamente io. Dal momento che si teneva il cappello in grembo, potevo vedere che aveva i capelli scuri tagliati corti e acconciati in maniera ordinata. Aveva una riga che gli circondava la testa per via del cappello. Un vero e proprio cowboy.

Con le sopracciglia ben definite, gli occhi risultavano

ancora più intensi. Il naso era leggermente storto, come se fosse stato rotto più di una volta. Football o liti al bar? Il suo volto era ampio, la mascella prominente. Le guance e il mento scolpito erano ricoperti da una corta barba nera. Era il tipo di uomo che probabilmente doveva radersi due volte al giorno. E le sue dimensioni!

Era enorme. Tanto grande che avrebbe potuto ridurmi in poltiglia. E le sue mani. Grandi come dei piatti. Eppure, quando mi guardava con quella sua pazienza quieta e intensa, percepivo una certa gentilezza provenire da lui. Un gigante buono, per quanto dubitassi che lo desse a vedere a qualcuno. Perchè io riuscissi a percepirlo, non ne avevo idea.

Volevo fargli scorrere le dita sul viso, sulle spalle ampie, sentire la differenza tra noi due. Avevo anch'io dei muscoli, ma erano nascosti sotto uno stratto di curve femminili che non sarebbero svanite nemmeno se avessi continuato a fare esercizi di ginnastica e a provare posizioni di yoga all'infinito.

Riley mise la freccia e svoltò nuovamente. Ogni strada mi sembrava estendersi fino all'orizzonte, dritta e in pianura. Dopo un'ora di macchina, ancora non avevo idea di dove fossimo o di dove stessimo andando a parte lo Steele Ranch. Ma la sua sicurezza alla guida mi metteva a mio agio. No, Riley mi metteva a mio agio. Non aveva quell'aria rigida e severa da militare come Cord. Le sue mani erano rilassate sul volante e mi rivolgeva rapide occhiate e sorrisi ancora più brevi. Tuttavia, il suo atteggiamento informale non dimostrava la sua astuzia o la sua complicata carriera da avvocato.

Quando le mie ricerche online sul conto di Cord non avevano sortito più di tanti risultati – in quanto guardia di sicurezza sapeva nascondere facilmente qualunque dettaglio della sua vita o della complessità del suo lavoro – Riley era stato più semplice da scovare. Il sito del suo studio legale condivideva il suo curriculum, la sua istruzione ad Harvard e all'Università di Legge di Denver. I suoi successi in casi riguardanti i diritti sull'acqua e le grandi compagnie petrolifere. Sulla carta, era impressionante. Ma quanto scritto su un pezzo di carta non era tutto, proprio come aveva detto Cord.

«Ho seguito le orme di mio padre,» disse finalmente Riley. «Ha fatto l'avvocato in Louisiana per vent'anni prima che mia madre morisse di cancro. Si è trasferito qui con me quando io facevo la seconda media. Abbiamo cambiato abitudini entrambi. È allora che ho conosciuto quel gigante.» Fece un cenno col capo in direzione del sedile posteriore e strizzò nuovamente l'occhio. «Dopo la scuola di legge, mi sono unito a mio padre nel suo studio per poi prendere il suo posto una volta che è venuto a mancare. Si potrebbe dire che abbia ereditato Aiden Steele come cliente.»

«Ho visto i documenti, li ho firmati, ma cosa significa tutto questo?» chiesi io mentre svoltavamo per passare sotto ad un arco di legno.

Due spessi tronchi verticali si trovavano ai lati di un ampio vialetto sterrato. Sopra di essi ne era posato un terzo con al centro un cartello in metallo. *Steele Ranch*. Non era di lusso, ma faceva la sua bella figura e gridava Old West. Non c'era alcuna casa in vista. Nulla a parte la strada da cui eravamo giunti e, perpendicolare ad essa, il vialetto. Il terreno circostante si estendeva a vista d'occhio, ancora coperto dall'erba alta che ondeggiava al vento. Le montagne sembravano più grandi viste da lì e le cime innevate più alte, scoscese e perfino più impressionanti.

Guidammo ancora per un minuto prima che Riley indicasse qualcosa fuori dal parabrezza. «Ecco la casa principale. Da un lato ci sono le stalle. Il fienile. Una baracca e dei piccoli cottage per chi vive qui. Allo Steele Ranch ci lavorano quindici persone a tempo pieno.»

Il vialetto curvava verso destra e verso il basso. A valle, riuscii a scorgere i vari edifici che aveva menzionato e la casa in lontananza. Wow. La residenza principale non era enorme quanto una villa, ma era formidabile tanto quanto l'ingresso. Mi guardai indietro e tutto ciò che riuscii a vedere fu la polvere che era stata smossa dal pick-up.

Man mano che ci avvicinavamo, esaminai la casa che avevo ereditato. Be', un quinto di essa, almeno. Due piani, una veranda che la circondava completamente. Finestre equamente distanziate, un porta di legno scuro al centro. Sembrava vecchia, come se fosse stata costruita decine di anni prima che Aiden Steele fosse anche solo nato. Se avessi dovuto indovinarne le dimensioni, avrei contato cinque o sei camere da letto al piano superiore.

«È stato mio... pad- Aiden ad avviare il ranch?» Non ero pronta a chiamare quell'uomo mio padre, nemmeno se mi aveva riconosciuta, quantomeno alla morte, come sua figlia.

Riley scosse la testa, rallentando mentre passavamo sopra le doghe di ferro che fungevano da protezione per il bestiame. «Suo nonno. È una delle proprietà originarie di questa zona, ma tuo nonno ci ha aggiunto un bell'appezzamento negli anni trenta, e poi ancora altro terreno negli anni cinquanta. Tuo padre, per quanto fosse una seccatura, ci sapeva fare negli affari.»

Era la prima volta che si accennava al fatto che Aiden fosse stato un uomo difficile, ma dovevo immaginarmelo dal momento che aveva seminato donne incinte in tutto il paese. Affascinante, certo, per averle ridotte in quello stato – inlcusa mia madre – ma difficile se nessuna di quelle donne se l'era voluto tenere stretto dopo il concepimento.

«Quanto è grande la proprietà?» mi chiesi, non troppo interessata a riflettere sulla lunga scia di amanti di mio padre.

«La strada che stavamo percorrendo è il limite

meridionale della proprietà.» Riley indicò alle proprie spalle con un pollice. «Sono più di sessantamila acri.»

Spalancai la bocca mentre mi facevo due calcoli in mente. «Quattromilaquarantacinque metri quadri per sessantamila.»

Riley rise mentre accostava di fronte alla casa. Il vialetto sterrato formava un cerchio, per poi estendersi fino agli edifici bianchi che riuscivo a scorgere in lontananza.

«Vedo che te ne intendi di matematica. Non c'è da preoccuparsi di invadere il terreno dei vicini. Tutto ciò che vedi è di proprietà degli Steele.»

L'erba di fronte alla casa era tagliata e c'erano delle mattonelle di pietra a formare un sentiero che portava ai gradini, ma non si trattava di un luogo che richiedesse grande manutenzione. Niente grandi vasi fioriti, solamente qualche piantina appesa lungo il porticato. Nessun prato ben curato, solo una distesa d'erba che mi apparteneva fino a dove l'occhio riusciva a spingersi. Be', un quinto di essa. Proprio come aveva detto Riley.

Era bellissimo. Tranquillo. Ma molto, molto isolato.

«Ti aiutiamo a sistemarti all'interno dopodichè potrai esplorare la tua nuova casa,» disse Cord. Era da un po' che se ne stava in silenzio, ormai, e la sua voce profonda mi scivolò addosso, facendomi venire la pelle d'oca. «Riposati. Questo posto è tuo, adesso.»

Scesero entrambi dal pickup con un balzo. Prima che io potessi anche solo aprire la portiera, Cord era già lì a sporgersi per slacciarmi la cintura. Mi posò nuovamente le mani grandi sulla vita per aiutarmi a scendere.

«C'è qualcun altro qui?» chiesi mentre gli scivolavo contro il corpo. Sì, Cord mi fece scivolare contro di sè così che riuscii a percepire ogni singolo centimetro del suo petto robusto. I seni mi formicolarono a quel contatto, nel sentire il suo calore. E quando mi fece finalmente toccare terra, non lasciò la presa sui miei fianchi. Io non riuscivo a fare altro che fissare i suoi occhi scuri.

«Nessun altro. Solo tu.»

«Oh,» replicai. A Philadelphia, vivevo in periferia in un quartiere le cui case erano abbastanza vicine le une alle altre da sapere sempre un po' gli affari di tutti. Salutavo spesso con la mano l'anziano signore del palazzo di fronte e gli prendevo il giornale quando faceva troppo freddo per lui per uscire. I bambini della porta accanto spesso mi svegliavano presto il sabato mattina con i loro schiamazzi nel cortile sul retro. Ma qui?

Non avevo vicini. Niente case per quelle che sembravano miglia. E un negozio di alimentari? Doveva trovarsi nel paesino che avevamo attraversato a venti minuti di macchina da lì. Passando per quella strada *deserta*.

«C'è una governante, la signora Potts, che veniva qui tutti i giorni quando Aiden era in vita. Dopo il suo funerale è venuta solamente una volta alla settimana, ma è passata ieri. Ti ha rifornito il frigo così da non farti morire di fame durante il periodo di assestamento. Adesso, però, dipende solo da te se vorrai il suo aiuto o meno.»

Lanciai un'occhiata alla casa. «Non ho idea di cosa si debba fare con le mucche. O i cavalli. Li farei morire tutti di negligenza. È in grado di occuparsi di loro?»

Cord mi accarezzò la pelle con i pollici, facendomi venire la pelle d'oca sulle braccia. «Tuo padre ha stanziato dei soldi per la cura del ranch. Gli animali, gli edifici, per pagare chi tiene in piedi la baracca. Non devi preoccuparti di niente di tutto questo.»

«È tutto compito mio, in quanto esecutore testamentario,» disse Riley raggiungendoci. Sollevò una chiave. «Tutto ciò che devi fare tu è... be', tutto quello che ti pare.»

Improvvisamente sopraffatta, sospirai. «Voglio farmi un sonnellino.»

Cord fece un passo indietro, mi prese per mano e mi condusse su per i gradini. «Allora sarà ciò che farai. Verremo a prenderti alle sei per la cena. Ti basta come tempo?»

Lo fissai, sorpresa che non avesse chiesto, ma mi avesse semplicemente detto che avrei cenato con loro. Sapevano bene, però, che non avevo altri piani. Non era come se potessi inventarmi una scusa, non che volessi farlo.

Riley aprì la porta d'ingresso con la chiave, la spalancò con una spinta, ma non entrò.

Ignorando la domanda di Cord, io diedi un'occhiata all'interno. Non c'erano luci accese, ma le stanze che riuscivo a vedere erano ben illuminate dalle finestre. Mobili scuri, tende spesse. Pavimenti in legno. Tutto mio e tutta da sola. Improvvisamente, l'idea di ereditare un ranch nel Montana mi intimidì. E mi fece sentire sola.

«Sì,» mi affrettai a dire. Non volevo cenare da sola, a prescindere da come sarebbe andata a finire. Volevo stare con Cord e Riley. Loro rendevano tollerabile il trovarmi lì. Non che non ne fossi grata, ma era tanto da assimilare. Da accettare. Un ranch, delle dimensioni di cosa, del Rhode Island? Avevo fantasticato sulla casa e sulla proprietà da che ne ero venuta a conoscenza. Ma non avevo pensato a nessuno di quei due uomini. Adesso era il contrario. La mia mente era piena di loro. Della loro imponenza, dei loro sorrisi. Del loro profumo. Non mi ero immaginata che fossero, be'... tutto ciò che erano. Dominanti, sicuri di sè, decisi. Gentili, educati. Oscuri. Leggermente pericolosi e fottutamente invitanti.

Il fatto che mi lasciassero sola mi faceva... paura. Mi sentivo protetta e al sicuro con loro, come se tutto sarebbe andato bene. Come se non fossi sola. Non mi ero sentita così per molto, molto tempo.

Ma ero una donna adulta, per la miseria, ed ero in grado di gestirmi da sola e di passare qualche ora in una grande casa senza la presenza di nessun altro. Mi schiarii la gola. «Alle sei va bene. Grazie.»

Cord annuì e indietreggiò, lasciando cadere la mano. «A dopo.»

Riley mi fece l'occhiolino.

E quando scesero i gradini ed io fui in grado di osservare il loro bel sedere fasciato dai jeans, mi resi conto di trovarmi in un mare di guai. Mi ero presa una cotta per due cowboy del Montana.

3

RILEY

«Hai mai sentito l'espressione stare tra i piedi?» chiese Kady, dimenandosi.

Io allungai un braccio dietro di lei sul bordo del divanetto, sporgendomi verso di lei. Era seduta accanto a me, così vicina che riuscivo a vederle le lentiggini sul naso, sentire il suo profumo. Limoni? Cazzo, era lo shampoo o la crema per il corpo? Gemetti tra me al pensarla tutta bella rosea e umida dopo la doccia, che si passava la crema profumata su tutta la pelle. Meno male che la mia erezione era nascosta dal tavolo.

«Intendi stare addosso a qualcuno? Invadere il loro spazio?»

Ci trovavamo in uno dei ristoranti del posto, uno dei più tranquilli dove era più importante il cibo che il bar. Barlow, in Montana, era piccola, con circa diecimila abitanti. Non c'era un singolo negozio di alimentari che appartenesse ad una catena, piccola o grande che fosse. C'era solamente un pittoresto Viale Principale. Era un paesino semplice e la vita era stata altrettanto semplice per me e Cord fino a quando Aiden Steel non si era intromesso dalla tomba.

Cinque figlie bastarde, tutte con il ranch in eredità. Incredibile. Quel tizio non se l'era tenuto nelle mutande. Mentre le tre figlie che avevamo contattato non avevano mai conosciuto il padre, lui aveva saputo della loro esistenza. Quel poco che bastava, almeno, da saperne i nomi. Non le aveva mai contattate neanche una volta, quantomeno stando a ciò che riportavano i file di mio padre. Avevo incontrato Aiden Steele un paio di volte, ma mai in qualità di suo avvocato.

Sebbene avessi tecnicamente assunto quel ruolo alla morte di mio padre, Aiden non mi aveva mai contattato per avvalersi dei miei servizi. Fu solamente quando divenni esecutore testamentario della sua tenuta alla sua morte che conobbi quell'uomo. E il suo passato di follie.

Quando avevo aperto il testamento – per la prima volta il giorno dopo la sua morte – avevo emesso un gemito e mi ero passato una mano sulla faccia, sapendo che la mia vita sarebbe stata risucchiata tutta da quel singolo cliente. E che ne sarei stato generosamente ricompensato, stando a quanto disposto nel testamento. Non c'erano dubbi al riguardo. Il testamento sarebbe stato messo in discussione solamente se fosse stata messa in dubbio la sanità mentale del defunto. Per quanto Aiden Steele fosse stato ben accorto e astuto per quanto riguardava gli affari legati al ranch a detta di chiunque lo avesse conosciuto, a quanto pareva non aveva mai preso in considerazione l'idea di sistemarsi. Nè tantomento di diventare monogamo.

Ecco perchè mi aveva lasciato nella merda fino al collo.

E Kady Parks. La bellissima, dolce e innocente donna

sexy che era ormai al centro di ogni mio pensiero. E di ogni fantasia erotica.

Eravamo andati a prenderla alle sei in punto e lei si era fatta trovare pronta. Non ero certo se fosse perchè non vedeva l'ora di vederci, aveva una fame da lupi o fosse disperatamente annoiata. Speravo si trattasse della prima ipotesi, avremmo risolto facilmente la seconda e avremmo assolutamente potuto aiutarla con la terza. C'erano così tanti modi in cui avrei voluto scoparmela che non saremmo riusciti a prendere fiato per due settimane. Come minimo.

«Tra i piedi? È questo che insiegni ai tuoi bambini di seconda elementare?» mi chiese Cord. Per essere un tizio possente con un sacco di asperità, le rivolgeva un sorriso dolce che raramente gli vedevo in volto.

Ci trovavamo ad un tavolo d'angolo, per cui Kady stava tra me e la parete, comodamente seduta su un divanetto. Cord era di fronte a noi. Avevamo appena ordinato la cena e speravamo di non essere più disturbati fino all'arrivo dei piatti. Non ci interessava condividerla con nessuno. *Avremmo dovuto* portarcela a casa nostra per una tranquilla cenetta da soli, ma non volevamo spaventarla. Eravamo abbastanza furbi da sapere che non dovevamo farle pressioni. Di alcun genere.

Lei annuì, ravviandosi una ciocca di capelli dietro l'orecchio. Dio, era bellissima quando era nervosa. Quei fantastici riccioli rossi le cadevano sulle spalle, scompigliati esattamente come prima. Le stavamo addosso come dei maledetti e non avevamo intenzione di lasciarle alcuno spazio personale. Avrei preferito trovarmi a letto con lei, col pene affondato tra le sue gambe, ma non era il momento... non ancora. Volevamo che ci desiderasse tanto quanto la volevamo noi e ciò significava dimostrarle che eravamo interessati. Certo, avrei aspettato giorni, settimane, mesi se non fosse stata pronta, ma non mi sembrava che fosse quello il caso. Proprio no.

Le posai le dita sulla spalla più lontana, accarezzandole dolcemente la pelle nuda. Era così maledettamente morbida. Essermi trovato nel mio fuoristrada assieme a lei era già stato abbastanza difficile. Sicurezza voleva dire cinture, e la console centrale a separarci ci aveva tenuto fin troppo a distanza. E avevo dovuto tenere gli occhi sulla strada, non su di lei. Ora potevo dedicarle tutta l'attenzione che avrei voluto mostrarle sin da quando Cord mi aveva portato per la prima volta il suo file.

Niente marito, niente fidanzato. Nessuno – e niente – a frapporsi tra noi e lei.

Le avevamo promesso una cena ed era quello che avrebbe avuto. Ma adesso non solo sapeva che le avevamo messo gli occhi addosso, ma lo sapeva anche tutto il ristorante. La stavamo rivendicando, diamine.

«Voi due non avete mai imparato cosa fosse lo spazio personale, vero?» domandò, agitandosi di nuovo, un sorriso a tirarle le labbra mentre si rendeva conto che non le avremmo concesso alcuno spazio.

«Con te? No,» dissi io, posando una mano sopra alla sua sul tavolo.

«Non riesco nemmeno a vedere gli altri clienti del ristorante.»

«Bene,» aggiunsi, sfregando pigramente il pollice sul dorso della sua mano. Non riuscivo a smettere di toccarla. Il mio corpo le bloccava la visuale da un lato e quello di Cord le nascondeva il resto. «Sei qui con noi. Non devi preoccuparti di nessun altro.»

Con lei, ero egoista. Non volevo che nessun altro uomo – a parte Cord – la vedesse nel suo bel vestitino. Questo le arrivava fino ad appena sopra il ginocchio ed era di un materiale fluente che si attorcigliava su se stesso avvolgendole le cosce e i fianchi, stuzzicandomi all'inverosimile. Aveva una profonda scollatura a V che metteva in mostra le curve del suo seno. Non era volgare. No, la nostra non era quel tipo di ragazza. E non si vestiva come una donna del Montana. Per lei, niente jeans e stivali. No, sembrava essere appena uscita da una festa in giardino. Non aveva idea di quanto fosse attraente ed era *questo* che la rendeva così fottutamente eccitante. A meno di essere ciechi, qualunque uomo avrebbe visto quanto era bella e l'avrebbe voluta tutta per sè. Be', peccato. Era già stata rivendicata.

«Hai dato un'occhiata alla casa questo pomeriggio? Ti sei riposata? Hai chiamato gli amici?» chiese Cord, cambiando argomento. Dopo essercene andati, eravamo tornati in ufficio e non avevamo concluso nulla prima che io mi fossi arreso e fossi tornato a casa a cambiarmi per fare una corsa. Dovevo bruciare un po' del desiderio che provavo per lei, altrimenti, una volta che fossi riuscito ad averla sotto di me, sarei stato decisamente troppo brutale. Per fortuna, mi ero fatto una sega sotto la doccia – facile, col pensiero della sua vagina che mi stringeva forte il cazzo invece della mia mano – prima di passarla a prendere, altrimenti sarei venuto dentro i pantaloni al solo vederla sulla veranda. Tutta gambe lunghe, labbra piene e tette perfette.

«Mi sono guardata attorno, ho disfatto le valigie dopodichè mi sono addormentata.» Prese il suo bicchiede di vino e ne trasse un sorso.

«La camera da letto padronale ha una bellissima vista, non trovi?» chiese Cord.

Una settimana dopo la morte di Aiden Steele, avevo dovuto fare un inventario della casa come parte di una valutazione della tenuta e Cord mi aveva aiutato. Ormai conoscevamo entrambi la casa dentro e fuori, fino al numero di posate d'argento nei cassetti.

«Oh, um. Immagino di sì. Ho scelto una stanza più piccola per dormire. Quella con le gronde.»

«La camera della vecchia governante?» chiese Cord, con un sopracciglio sollevato per la sorpresa.

«Oh, um. Può darsi.» Fece spallucce. «Non sembrava la stanza di una governante. Ha delle tende morbide, un bel tappeto centrale e il letto ha una trapunta rosa chiaro. È... accogliente, specialmente in una casa così grande dove mi ritrovo tutta sola.»

Era una casa enorme per una persona sola, specialmente per qualcuno che sapevo non essere cresciuto nel lusso. La casa del ranch non era lussuosa, ma gridava comunque ricchezza. Ricchezza del Montana. Grandi stanze, soffitti alti, un sacco di travi e di pavimenti lucidi. Abbastanza teste di animali alle pareti da far venire gli incubi a un bambino.

Sapevo che Kady viveva nella casa che era appartenuta ai suoi genitori, quella in cui era stata cresciuta, una semplice casa a due piani in un quartiere della classe media. Era andata al college per fare l'insegnante, per cui sapeva che non avrebbe mai fatto tanti soldi con quella professione e si era accontentata. Ma adesso? I soldi non importavano. Era una donna ricca. Eppure aveva scelto la stanza più piccola, aveva volato in seconda classe nonostante le avessi comprato un biglietto per la prima. Quando avevo scoperto che l'aveva cambiato, mi era venuta voglia sculacciarla fino a farla diventare rossa, ma mi ero reso conto che fosse solamente fatta così. Non si dava al lusso.

Meno male. Nemmeno a me e Cord piaceva il lusso. Avevamo dei soldi da parte – non avevamo bisogno di lei, nè volevamo approfittarne in tal senso - avevamo tutto ciò che ci serviva. Una casa, delle auto, cose materiali. Ma erano *cose*. Avevamo tutto tranne lei.

Il suo cellulare squillò e lei prese la borsetta che teneva accanto e la mise sul tavolo, estraendone il telefonino. Lesse il display. Non riuscii a capire dall'espressione sul suo volto se fosse emozionata o timorosa. Si morse un labbro mentre il telefono continuava a squillare. «Scusate, di solito non sono così scortese da rispondere ad una telefonata durante un appuntamento, ma è mia sorella. Potrebbe essere successo qualcosa. Potrebbero aver-»

Cord sollevò una mano. «Non preoccuparti. Rispondi, ti prego.»

Lei rivolse ad entrambi un sorriso sollevato. «Ciao, Beth.» Si interruppe per lasciar parlare la sorella. «Sì, sono nel Montana. Davvero? Ti spiace attendere un attimo? Sì, sono in un ristorante. Sì, un appuntamento.»

Arrossì fortemente e lanciò un'occhiata ad entrambi. Aveva già usato la parola "appuntamento" due volte e la cosa era fottutamente rassicurante. Non aveva detto "cena col suo avvocato" o "con amici". Eravamo degli *appuntamenti*. Gli appuntamenti avevano del potenziale e mi facevano rizzare il pene.

«Sì, so dove ti trovi. Non ho-» Sospirò. «Sì, ascolterò come ti è andata la giornata, ma aspetta un secondo, okay?»

Abbassò il cellulare, sussurrando, «Mi scusereste un minuto?»

Io uscii dal divanetto e le porsi una mano per aiutarla ad alzarsi. «Grazie,» replicò lei mentre si metteva in piedi di fronte a me. Con un'ultima occhiata contrita, si diresse verso il corridoio che portava ai bagni, riportandosi il telefono all'orecchio.

Io tornai a sedermi e bevvi un sorso della mia birra. «Pensavo che sua sorella fosse in riabilitazione,» commentai, rigirandomi la pinta tra le dita.

«Lo è. Non ho sentito dire il contrario dal mio investigatore a Philadelphia.» Cord fece spallucce. «Immagino non abbiano restrizioni in fatto di telefonate.»

Posò gli avambracci sul tavolo e si sporse in avanti. «Sua sorella è un problema. Hai visto la faccia di Kady?»

Sospirai. «Sì, preoccupazione e senso di colpa. Sembra che sua sorella ci stia facendo leva. Tutta la stronzata del "io sono in riabilitazione mentre tu te la spassi ad un appuntamento".»

Cord si accigliò e tornò ad appoggiarsi allo schienale della sua sedia. «Sua sorella è una donna adulta. Deve assumersi le proprie responsabilità,» replicò.

Io sollevai una mano. «Sono d'accordo, ma spero che anche Kady lo pensi.»

Restammo in silenzio per un minuto dopodiché Cord disse, «Quel vestito.» Trasse un lungo sorso di birra, come se ciò lo avrebbe aiutato a placarsi. Niente avrebbe funzionato a parte una nuotata nel fiume rinfrescato dalla neve che si scioglieva dalle montagne o una nottata di follie con Kady tra noi due.

Ridacchiai. Non c'era bisogno che dicesse altro perchè sapevo esattamente cosa intendesse. Quel vestito addosso a lei era modesto, casto e insieme provocante e maledettamente sexy. Proprio come la donna che lo indossava.

Lanciai un'occhiata ai bagni e poi di nuovo a Cord. «Ogni cosa che la riguarda è del tutto ridicola e inadatta alla vita in un ranch,» dissi, sporgendomi e abbassando la voce. «Cioè, hai visto le sue scarpe?»

«Sì, fottutamente sexy,» replicò Cord, scuotendo lentamente la testa.

«Esatto. *Fottutamente. Sexy.*» Mi agitai sul divanetto, il pene che mi dava fastidio costretto nei jeans. Non avrei trovato sollievo tanto presto.

«Quindi ti stai lamentando?» mi chiese lui, le dita che tamburellavano sul tavolo di legno.

Gli lanciai un'occhiataccia. «No, sto solamente dicendo.

Va in un ranch con i tacchi, le sue unghie sono ben smaltate di rosa e scommetto che non sa nemmeno distinguere il muso dal sedere di un cavallo.»

Cord rise. Tornò a sporgersi verso di me così che nessun altro potesse sentirci. «Ha anche dei bei fianchi da poterle afferrare durante una scopata. Tette che riuscirebbero a riempirmi le mani.» Le sollevò per mimare il gesto.

Il pensiero dei seni di Kady mi fece indurire solamente di più. Imprecai tra i denti.

«Già, cazzo,» replicò lui. «Ci ritroviamo con una ragazzina bella, dolce, gentile e per bene che vogliamo rivendicare. Non me ne frega un cazzo se sia adatta alla vita da ranch. Una volta che sarà nostra, non vivrà nel ranch, vivrà con noi. In città.»

«Esatto, diamine,» aggiunsi io.

Kady svoltò l'angolo uscendo dai bagni e noi ci alzammo.

«Va tutto bene?» le chiesi mentre la lasciavo riprendere posto sul divanetto prima di sedermi accanto a lei. Questa volta, quando mi misi *tra i piedi*, non disse nulla. Vista la leggera increspatura che aveva sulle labbra, sua sorella doveva averle detto qualcosa che l'aveva turbata.

Ci rivolse un sorriso falso. «Cosa vi ha detto il vostro investigatore su Beth? Sapete che si droga.»

Cord annuì. Il suo volto assunse l'espressione seria a cui ero abituato. Potevamo pensare che Kady fosse fuori luogo nel Montana, ma non pensavamo che fosse stupida. Nessuno di noi aveva intenzione di trattarla con condiscendenza.

«È in riabilitazione. Quattro mesi, giusto?»

Kady bevve l'ultimo sorso del suo vino ed io sollevai una mano per indicare al cameriere di portargliene dell'altro.

«Sì. Inizialmente non le era permesso fare telefonate, ma adesso può farlo. Sa che mi trovo qui e, be', non ne è felice. La chiamata era per farmelo sapere.»

Non mi piaceva sapere che sua sorella, l'unico parente che

avesse in vita, si comportasse da stronza con Kady. Mi sentivo estremamente protettivo nei suoi confronti.

«Quindi si stava lamentando del fatto che te ne fossi andata in vacanza mentre lei era bloccata in riabilitazione. Non è colpa tua se si trova lì.»

«Lo so, e in fondo forse lo sa anche lei. Ma vede tutto questo-» Agitò la mano nell'aria- «come un esempio di come il mondo ce l'abbia con lei. Lei non è diventata milionaria da un giorno all'altro. Io sì.»

«Esatto. Tu non potevi farci nulla. Lei ha una scelta, può controllare il proprio abuso di droghe,»aggiunse Cord, allungando una mano e posandola sulle sue sopra il tavolo.

Lei trasse un profondo respiro e lo lasciò andare. «Lo so. Lo so da anni. È solo che è difficile. Ho provato più e più volte ad aiutarla. Lei si rifiuta semplicemente di aiutare se stessa mentre, allo stesso tempo, dà la colpa a me. Ecco perchè mi trovo qui.»

La nostra ragazza era maledettamente coraggiosa. E sola. Perdere i suoi genitori e trovarsi con una sorella che sprofondava nelle droghe. Aveva così tante cose da gestire, il peso doveva essere non indifferente per le sue spalle esili, ma lo faceva con un maledetto sorriso sul volto.

«Sei qui per prenderti una pausa o per restare?» domandai, posando di nuovo il braccio sullo schienale del divanetto, accarezzandole la spalla con le dita. «Hai un lavoro, una casa, una vita in Pennsylvania a cui tornare. O stai cercando di ricominciare da zero, in un posto in cui poter dare dello spazio a tua sorella per occuparsi dei suoi problemi da sola?»

L'idea che tornasse da dove era venuta non ci andava a genio, specialmente nel caso in cui sua sorella fosse uscita dalla riabilitazione e si fosse ridata alle droghe. Sin da quando avevo preso il suo biglietto aereo, sapevo che Kady sarebbe rimasta per la maggior parte dell'estate. Avevamo tempo per lavorarcela, per dimostrarle che stare con noi sarebbe stato meglio di qualunque cosa ci fosse ad est.

Lei abbassò lo sguardo sul tavolo, poi tornò a guardare me. «Sì, volevo prendermi una pausa. Prima di arrivare qui, non riuscivo davvero a credere che fosse tutto vero, che ci fosse veramente un padre di cui avevo sempre ignorato l'esistenza, un ranch nel Montana. Sembra uscito da un film o qualcosa del genere. Sono una semplice insegnante delle elementari.»

Era tutto meno che semplice, ma non avevo intenzione di dirglielo in quell'istante. Adesso era il momento di ascoltare.

«Avete sentito parte della chiamata. Con Beth e tutto il resto, volevo solamente fuggire.»

«E ora che ci credi che il ranch sia reale, che sei una miliionaria?»

Lei roteò gli occhi e ci rivolse un sorriso incerto. «Visto? Incredibile. Io, una milionaria.» A quel punto rise, ancora sopraffatta dall'idea.

Cord si sporse in avanti. «E se ti dicessimo che siamo interessati a te, che ti troviamo bellissima? Perfetta.»

Lei arrossì e distolse lo sguardo. «Penserei che foste pazzi. Guardatemi.»

«Lo stiamo facendo,» le dissi io, la voce calma. Piatta. Lenta. Le mie dita continuavano ad accarezzarle delicatamente la pelle setosa.

Attendemmo, lasciando che il silenzio parlasse da solo.

Dopo un minuto, lei sollevò lo sguardo, posando le dita ai bordi del tavolo così da mettere in mostra quelle bellissime unghie smaltate. «Allora cosa, vorreste avere una... storiella con me? Entrambi?»

«Entrambi, sì,» disse Cord. «Una storiella? Diamine, no.»

«Allora cos'è che volete? La mia eredità?» Spalancò gli occhi come se non avesse riflettuto sulle proprie parole finchè non le erano uscite di bocca. «Dio, non so nulla della vita in questo posto, ma non sono un'ingenua.»

Cord assottigliò gli occhi e strinse la mascella. «Non ci conosci, Kady, per cui chiuderemo un occhio su questa insinuazione. Non siamo qui con te per mettere le mani sulla tua eredità. A me non frega un cazzo e sono certo che Riley vorrebbe che Aiden Steele fosse ancora vivo così da non ritrovarsi invischiato fino al collo con questa storia dell'esecutore testamentario. Ma sappi questo, se insulterai di nuovo noi o te stessa, ti prenderò sulle ginocchia e ti sculaccerò quel bellissimo sedere che ti ritrovi fino a farlo diventare rosa come lo smalto delle tue unghie.»

Lei spalancò la bocca. «Non intendevo-»

«Sì, invece. Ci hai insultati non solo quando hai pensato che fossimo dietro ai tuoi soldi, ma anche quando hai pensato che non fossimo abbastanza furbi nel ritenerti bellissima.»

Lei richiuse di scatto la bocca e spostò lo sguardo tra noi due.

«Dunque non volete i miei soldi. Cos'è che volete, esattamente?»

«Te.» Rispondemmo entrambi nello stesso momento. La stavamo guardando molto intensamente. Non c'era modo che potesse maleinterpretare. Che potesse avere dubbi sul fatto che volessimo qualcun'altra. Affatto.

«Sotto di noi, tra di noi,» le dissi io. «Che mi cavalchi mentre Cord ci guarda. In ginocchio davanti a noi. Vogliamo scoparti, Kady, farti dimenticare tutto tranne le sensazioni che ti faremo provare. Essere al centro del tuo mondo.»

Lei ci fissò di rimando, si leccò le labbra mentre le sue guance arrossivano. Riuscivo a vederle pulsare freneticamente la vena sul collo, vidi il modo in cui i seni si alzavano e abbassavano ad ogni rapido respiro. Cazzo, i capezzoli le si indurirono sotto l'abito davanti ai miei occhi.

Per quanto riguardava me, il pene mi era diventato duro come una roccia dentro ai pantaloni. Volevo farle tutto quello che avevo detto e altro ancora.

Schiarendosi la gola, lei disse. «Non ho più fame. Mi piacerebbe che mi riportaste al ranch, ora.»

Lanciai un'occhiata a Cord, che aveva l'aria delusa quanto me. Avevamo rovinato tutto. Avevamo mandato tutto all'aria. Diamine, l'avevo spaventata con le mie parole dirette. Era stata tutta verità e solo una piccola parte di tutte le cose sporche che avrei voluto farle, ma ciò non significava che avrei dovuto dirlo ad alta voce. Lei era alla ricerca di gentiluomini ed io avevo rovinato tutto.

Nessuno di noi due era tipo da romanticismo, lume di candela o stronzate alla luce della luna. Ci eravamo posti in modo dannatamente troppo rude. Forte. Grezzo. Bastava guardarla, vedere le delicate perle dei suoi occhi, il suo lucidalabbra rosa, il vestitino estivo. Era una donna seducente e dolce. Le nostre parole rozze e l'atteggiamento spavaldo non erano ciò che desiderava e non avevamo fatto altro che spaventarla.

Annuii una volta, mi alzai e le porsi una mano per aiutarla a uscire dal divanetto. Cord gettò un paio di banconote sul tavolo per coprire il conto mentre la seguivamo fuori dal ristorante.

Fantastico. Fottutamente fantastico. Dovevamo guardarci il suo bellissimo culo ondeggiarci davanti e non potevamo farci niente. Non era interessata. Era finita.

4

KADY

Me! Volevano entrambi me. Dannazione. Due uomini. E non due uomini *qualunque*. Riley e Cord. Erano maledettamente bellissimi con dei corpi incredibili, dei sorrisi favolosi e, come se non bastasse, erano intelligenti. E di tutte le donne che c'erano là fuori, avevano detto a me che ero bellissima. Ah!

E le cose che aveva detto Riley – me in ginocchio di fronte a loro. Dio, mi ero eccitata al pensiero di loro in piedi davanti a me, con le erezioni in mano mentre li leccavo a turno prima di prenderli dentro fino in fondo. O salirgli a cavalcioni sulle gambe e farmi penetrare a fondo da uno di quei peni prima di farmi una cavalcata. O farmi montare da Cord, che mi avrebbe scopata come una bestia selvaggia mentre io succhiavo l'erezione di Riley.

Mentre attraversavamo a piedi il parcheggio del ristorante, i miei pensieri osceni vennero spazzati via dal vento che si era alzato mentre eravamo all'interno. C'erano delle spesse nuvole che incombevano in cielo. Stava per abbattersi un temporale, e presto. La mano di Cord che mi si posò alla base della schiena mentre mi conduceva al furgone di Riley mi fece desiderare che si posasse in altri posti. Dio, come sarebbe stato avere più che i soli loro sguardi penetranti addosso? Una bocca sul capezzolo, un dito che mi scorreva sul clitoride? Un pene a riempirmi, ad allargarmi? Se riservavano al sesso la stessa attenzione che riservavano alle conversazioni...

Gemetti, grata del fatto che quel verso fosse stato nascosto dal vento. Dopo che Cord mi ebbe fatta salire sul sedile anteriore, riuscii a percepire lo strascico della sensazione delle sue mani sui fianchi. Strinsi le cosce durante il viaggio di ritorno al ranch. Dopo circa un minuto di strada, cominciò a piovere, un diluvio, e Riley dovette rallentare. I tergicristalli non riuscivano a contrastare la pioggia e il rumore delle gocce sulla carrozzeria rendeva impossibile parlare.

Mi sembrava di stare in un bozzolo in cui ero al sicuro insieme a loro. Non esisteva nessun altro al mondo. Era facile dimenticarsi della telefonata con Beth. Il suo umore labile, volubile come se fosse di nuovo sotto l'effetto delle droghe. Un minuto prima era contenta di parlarmi, quello dopo ce l'aveva a morte con me per avere avuto un padre che non avevo mai nemmeno conosciuto che mi aveva lasciato un sacco di soldi. Aveva detto che non era giusto che fossi sempre io ad ottenere tutte quelle boccate d'aria. Conoscevo le parole a memoria, l'attacco verbale perfettamente mirato ai miei sentimenti. Era eccezionalmente brava a tormentarli tutti fino ad ottenere ciò che voleva. Ma quest'ultima volta che era andata in riabilitazione, quando avevo dovuto usare l'ipoteca della casa dei nostri genitori per finanziarla, in qualche modo ero riuscita a lasciar correre. Ero io a pagare il conto. Anche così, la stavo aiutando.

Riley allungò una mano, prese la mia solo per un istante, poi la lasciò andare. Mi voltai, gli sorrisi e mi resi conto che dovevo vivere la mia vita. E ciò significava capire cosa fosse quello che c'era – quell'attrazione – tra di noi. L'avevo provata nel momento in cui avevo posato gli occhi su di loro e non era cambiato nulla da allora. No, anzi, era cambiato. Si era semplicemente fatta più forte.

Non mi ero mai sentita così prima di allora. Avevo avuto degli amanti, ma nemmeno fare sesso con loro mi aveva mai fatto sentire così bramosa, così eccitata come in quel momento. Avevo voglia di mettermi una mano sotto l'abito e stuzzicarmi, facendo scorrere con estrema facilità le dita sul clitoride perchè ero bagnatissima. Avevo rovinato le mutandine.

Sin dall'aeroporto, era stato tutto un preliminare che era giunto a questo. A ciò che avevo deciso di fare. Loro avevano reso molto chiaro cosa volessero. Me. Magari non avrei dovuto cercare una soluzione. Per una volta, avrei potuto seguire l'istinto. Lasciarmi andare. Tutto ciò che dovevo fare era dire di sì.

Il furgone di Riley sobbalzò nuovamente sul dosso di protezione del bestiame, segnalando che eravamo vicini alla casa e distraendomi dai miei pensieri. La pioggia era scemata, il vento forte la stava spingendo verso est con la stessa velocità con la quale era arrivata. Io avevo guardato fuori dal finestrino con sguardo fisso per tutto il tempo, con la pioggia che rendeva impossibile vedere molto altro, e mi ero concentrata solamente sul mio corpo, su come si fossero bagnate le mie mutandine, mi si fossero induriti i capezzoli e mi pizzicassero sfregando contro il reggiseno in pizzo. Li desideravo da impazzire. Entrambi.

Ero pazza. *Questa cosa* era folle, ma sembrava giusta. Loro mi sembravano giusti. Mia madre mi diceva sempre che quando avrei trovato il ragazzo giusto l'avrei capito. Be', io ne avevo trovati due. Non volevo scegliere e loro non mi avrebbero chiesto di farlo.

Mi volevano entrambi e avevano intenzione di condividermi. Di fare cose con me che nemmeno avevo mai immaginato.

Condividermi! Io ero un'insegnante di seconda elementare, del tutto monotona, e stavo per avere una storia a tre con due cowboy super sexy. Mi morsi un labbro per reprimere una risatina nervosa. Stavo per farlo. Stavo per portarmi quei due uomini dentro casa, dentro il letto. Detro il mio corpo. Dentro la mia vagina bramosa, pulsante e bagnata.

Riley accostò di fronte a casa, spense la macchina e scese. La pioggia si era fermata del tutto, ma lui saltò giù ed io non potei fare a meno di notare gli schizzi che sollevò dalle pozzanghere fangose che ricoprivano il vialetto. Cord scese dal sedile posteriore e aprì la mia portiera. Ci trovavamo faccia a faccia e l'occhiata che mi lanciò fu intensa.

Di fuoco. Aveva la mascella serrata, gli occhi scuri praticamente neri. Il suo corpo era rigido, come se si stesse trattenendo. Magari era così. Inizialmente mi aveva fatto paura. Adesso, sapevo che non mi avrebbe fatto del male. Mi avrebbe tenuta al sicuro, perfino da se stesso. Avevano ceduto alla mia volontà, al terminare in anticipo il nostro appuntamento. Se non altro era ciò che credevano.

Invece di aiutarmi a scendere a terra come aveva fatto le altre volte, mi fece passare un braccio attorno alla vita e mi trasportò, corpo contro corpo, verso casa.

«Cord! Peso troppo!» gridai.

Lui sbuffò, ma non per lo sforzo. «Dolcezza, sei leggera come una piuma.»

Automaticamente, gli posai le mani sulle spalle mentre lui

mi portava fino ai gradini del portico. Non distolse lo sguardo, si limitò a sollevare un angolo della bocca. «Non vogliamo sporcare di fango quelle belle scarpette.»

Ecco lì. Qualunque dubbio era svanito. Lo volevo con una disperazione che non avevo mai provato. Erano premurosi ed educati, galanti e dolci. Già, ma non volevo niente di tutto quello al momento. Volevo solamente ciò che Riley aveva così sfacciatamente descritto al ristorante.

E allora feci l'unica cosa cui riuscivo a pensare.

Baciai Cord.

E gli avvolsi le gambe attorno alla vita.

Lui non rispose al bacio per un istante, come se lo avessi colto di sorpresa. Il suo corpo si irrigidì, le sue dita si strinsero sulla mia schiena. Poi, gemette e piegò di lato la testa prendendo il controllo, facendomi scivolare le mani sul sedere e stringendomelo tra le dita.

Dio, sì. Dubitavo che avrei mai avuto il controllo in camera da letto con quei due. Non lo volevo. Li avevo resi consapevoli dei miei desideri e adesso era lui ad avere il comando.

Sentii la parete rigida della casa premermi contro la schiena e il calore compatto di Cord contro il petto. E tra le mie gambe, sentivo la protuberanza dura del suo pene. Non riuscii a trattenermi dal muovere i fianchi su e giù come a cavalcarlo.

Gemetti mentre i suoi baci mi scendevano sulla mandibola e lungo il collo.

Gettai indietro la testa per lasciargli più spazio.

«Volevo andarmene dal ristorante per questo, non perchè non vi volessi,» dissi, ansimando.

Lui non smise di baciarmi e di leccarmi la pelle.

«Il contrario,» ansimai. «È una follia, ma ho bisogno di quello che avete detto. Dio, sì. Così.»

Lui mi mordicchiò il punto in cui la spalla si univa al collo.

«Non posso fare piano, Kady. Non ho idea di come si faccia,» ringhiò Cord, scostandomi una spallina del vestito per baciarmi la spalla.

«Non m'importa. Ti voglio.»

«E io?» chiese Riley. La sua voce era di un'ottava più profonda del normale. Voltai un po' di più la testa e aprii gli occhi. Lui era lì, con le iridi blu scure come le nuvole che avevano portato la pioggia. A guardarci. A vedere come Cord mi stesse eccitando.

«Sì, anche te.»

Cord non smise di darmi attenzioni mentre io parlavo con Riley. La sua mano mi corse lungo un fianco, poi su per la coscia infilandosi sotto al vestito. Un leggero strattone e le mie mutandine erano svanite. Vidi Riley prendergliele.

Delle dita spesse mi penetrarono, a fondo, per poi tirarsi indietro e spingersi di nuovo dentro del tutto. Cord mi stava scopando con le dita ed io non riuscivo a fare altro che ondeggiare i fianchi. Cavalcarle.

«Sta gocciolando,» disse Cord a Riley.

Venni solo a quelle due parole. La verità era che era vero, che ero bagnata come non lo ero mai stata per loro. Solo il dolce sfregamento delle dita di Cord era bastato a spingermi oltre il limite.

Urlai, cavalcai il piacere mentre sentivo il ticchettio di una cintura che si slacciava, percepivo i fianchi di Cord spostarsi. Prima ancora che il mio orgasmo fosse svanito del tutto, lui aveva estratto le dita e le aveva sostituite con la punta larga del suo pene.

«Ho bisogno di sentirti sul mio cazzo, tesoro. Di sentire tutto quel calore umido avvolgermi.»

Cord mi strinse i fianchi, mi tirò verso il basso mentre lui spingeva verso l'alto.

Aprii gli occhi quando lo sentii invadermi. Sì, il suo pene era enorme e i miei muscoli interni si contrassero e si strinsero nel tentativo di adattarsi a quella penetrazione improvvisa.

«Ancora,» esalai, sapendo che non era ancora entrato del tutto dentro di me. Aveva ancora molti centimetri da offrirmi.

A quella parola, lui si ritrasse per poi spingersi più a fondo. Mi prese con forza. Lì sulla veranda con le mie gambe avvolte attorno alla vita e i tacchi che gli premevano nelle natiche.

«Quando avrà finito con te, sarà il mio turno, Kady. Con noi, ti toccano due cazzi.»

«Sì,» gemetti. Quando Riley proseguì con le sue parole sporche, non riuscii a trattenermi. Era troppo. Cord ci sapeva fare troppo con la sua erezione immensa. Mi riempiva all'inverosimile ogni volta, fino a farmi quasi male. Ma ero così bagnata e pronta a riceverlo, col primo orgasmo che mi aveva rilassata, gli aveva aperto la strada, così che potessi accettare tutto ciò che avrebbe fatto con quell'arnese spietato che aveva tra le gambe.

«Cord!» gridai mentre venivo di nuovo, i muscoli interni che gli si stringevano attorno all'erezione, attirandola se possibile ancora più a fondo.

Lo sentii espandersi, ingrandirsi dentro di me un attimo prima che le sue dita mi stringessero la presa sui fianchi. Si spinse con forza dentro di me una, due volte, poi rimase immobile, gemendo contro il mio collo. Il suo fiato caldo mi soffiò sulla pelle mentre veniva.

Si ritrasse quel poco che bastava così che non fossi più sorretta dalla parete e dal suo corpo ed io riportai i piedi a terra. Riley mi tirò via da davanti a Cord e mi portò fino alla ringhiera, mi ci premette contro così che gli dessi le spalle, che dessi le spalle alla casa. Avevo tutto il Montana di fronte.

Con dita abili, Riley mi sollevò l'abito e me lo sfilò dalla testa così che mi ritrovai con indosso solamente i miei sandali e il reggiseno. Si chinò su di me ed io sentii ogni centimetro del suo corpo premermi contro. La sua maglietta mi faceva quasi male contro la pelle sensibile.

Non mi ero accorta che avesse tirato fuori il pene, ma ne sentii lo spessore caldo contro le natiche.

«È ora di averne ancora, tesoro. Un cazzo solo per te non basta.»

Mi picchiettò l'interno del piede col proprio così da farmi allargare di più le gambe. Me lo sentii scivolare addosso mentre piegava le ginocchia, allineava il suo pene contro la mia apertura gocciolante e si sollevava poi ergendosi in tutta la sua altezza, penetrandomi con forza.

«Oddio,» gemetti, posando le mani sulla ringhiera per sostenermi.

Non mi ero ancora ripresa del tutto dalle attenzioni di Cord per essere completamente pronta per Riley. Non avevo mai accolto due uomini, uno dopo l'altro, prima di allora.

Ero ancora scossa da brividi di piacere e quando sentii un'erezione dura penetrarmi nuovamente, la stessa sensazione di prima, eppure del tutto diversa, chiusi gli occhi e mi abbandonai ad essa.

Ero già venuta due volte, e sapevo che non avrei finito fino a quando Riley non mi avesse spremuto almeno un altro orgasmo.

Non ero mai riuscita a venire con il solo aiuto di un partner in passato, avevo sempre dovuto stuzzicarmi il clitoride con le dita per farlo, ma ora mi rendevo conto che era stata solamente colpa loro. Erano stati dei pessimi amanti.

Questo? Dio, questo era tutt'altro. Cord e Riley mi stavano rovinando la piazza.

Sentii i passi pesanti di Cord, ma non vi prestai

attenzione. Percepii il gancetto del reggiseno che mi veniva slacciato e poi le spalline che mi scivolavano giù dalle spalle e le coppe che si abbassavano fino a liberarmi i seni. Quando avvertii una bocca succhiarmi il capezzolo destro, aprii gli occhi.

C'era Cord, con il mio reggiseno ai suoi piedi. Era sceso dalla veranda per mettersi di fronte a me. Dal momento che era così alto, i miei seni erano alla giusta altezza per ricevere le sue attenzioni.

La mano di Riley mi salì lungo la schiena mentre mi prendeva. Da dietro, andava ad accarezzare tutt'altri punti di quelli toccati da Cord e questi nuovi nervi si accesero tutti quanti in un solo istante.

«Bellissima, tesoro,» disse lui, una mano sulla mia spalla per tenermi ferma.

Il mio seno, quello che non si trovava nella bocca di Cord, ondeggiava avanti, indietro e di lato ad ogni profonda penetrazione.

Ero bramosa, selvaggia, completamente diversa dal mio solito. Era il paradiso.

«È... oddio, è... bellissimo.»

Sentii Cord sorridere contro il mio capezzolo prima che me lo succhiasse, poi lo lasciò andare facendoci scorrere delicatamente i denti.

«Le è piaciuto,» mormorò Riley. «Qualunque cosa tu abbia fatto, mi si è stretta attorno al cazzo.»

Cord sollevò la testa e incrociò il mio sguardo voglioso.

«Questo?» chiese, appena prima di abbassare nuovamente la testa e strattonarmi il capezzolo, assicurandosi di includere il leggero morso con i denti. Mantenne lo sguardo fisso nel mio, costringendomi a guardarlo mentre mi maneggiava il seno.

«Cazzo, sì,» disse Riley.

Lui mi rivolse un ghigno, come se tutte le sue preoccupazioni circa il prendermi fossero svanite.

Mi piaceva eccome farlo in maniera rude.

Mi piaceva quel leggero dolore.

Mi piaceva farlo in maniera selvaggia, con forza, premuta contro la casa.

Piegata sulla ringhiera della veranda.

«Riley!» urlai quando lo sentii premermi il pollice contro l'ano.

«Ecco la nostra ragazza,» canzonò lui, muovendo in circolo il dito e premendomelo contro l'apertura vergine.

Non avevo mai avuto nessuno che mi toccasse lì, tantomeno che ci giocasse o... oddio, ci scivolasse dentro.

Con un'esplosione improvvisa di calore, venni. Terminazioni nervose che nemmeno sapevo esistessero si infiammarono spingendomi oltre il limite talmente all'improvviso, con tale intensità, che inarcai la schiena e gridai. Il movimento improvviso fece strattonare a Cord il mio capezzolo più forte del solito con i denti prima di farglielo scivolare via di bocca. Quel pizzicore andò ad unirsi al bruciore dell'invasione del pollice di Riley, alla nuova sensazione di avere qualcosa nell'ano e all'erezione pulsante di Riley e fu la mia fine.

Era troppo. Troppo bello. Le mie dita strinsero la ringhiera, il sudore che mi colava tra i seni.

Riley non rallentò mentre venivo, non fece altro che scoparmi più forte, più a fondo. Il suono dei suoi fianchi che si scontravano con le mie natiche riempiva l'aria. Il rumore umido del suo pene che si infilava tra le mie gambe non poteva celarsi. Mi stavano scopando per bene ed io ne adoravo ogni istante.

Riley si spinse a fondo e venne, la sua bocca mi si chiuse sulla spalla mordicchiandola, per poi succhiarmi la pelle sensibile. Riuscivo a sentire i suoi ansiti contro la schiena.

Lentamente, tornai in me e aprii gli occhi. Lì, di fronte a me, c'era Cord. Stava sogghignando, e sollevò lentamente le mani per scostarmi i capelli dal volto.

Riley uscì con delicatezza dal mio corpo e mi strinse tra le braccia.

La sensazione dei suoi vestiti contro la schiena mi rese consapevole del mio stato. Ero nuda mentre loro erano entrambi vestiti. Cord doveva ancora rimettersi il pene nei pantaloni, gli spuntava da contro il ventre, ancora umido dei nostri fluidi e duro, come se non fosse appena venuto.

«Oddio,» sussurrai, rendendomi conto di quanto avevo appena fatto.

«Piuttosto stupendo,» mormorò Riley.

Stupendo, sì, ma anche folle.

Abbassai lo sguardo. Ero nuda tranne che per un sandalo – solo il cielo sapeva che fine avesse fatto l'altro – e chiunque avrebbe potuto vedermi. Non avevano detto che c'era della gente che viveva nel ranch? Per quanto non ci fosse nessun altro nella casa, c'era una baracca o qualcosa del genere. Qualcuno mi aveva vista farmi scopare da due uomini?

«Io, um... Wow. Grazie. È stato, um-» balbettai. Qual era il comportamento appropriato dopo aver avuto il miglior sesso della propria vita su una veranda d'ingresso con due ragazzi?

Cord si rassettò, rimettendosi il pene nei pantaloni, tirando su la zip e richiudendo la cintura. Io mi spostai di lato e notai che anche Riley si era risistemato.

Mi guardai attorno. Il mio reggiseno doveva essere ancora a terra, il mio abito era buttato per metà giù dai gradini della veranda e la mia borsa era appoggiata accanto alla porta. Mi diressi verso di essa e ne estrassi la chiave. Con dita tremanti, la misi nella toppa.

«Kady,» disse Riley, arrivandomi alle spalle.

«Vi prego,» replicai io, cercando ancora di far funzionare

la chiave. Tutto d'un tratto, mi sentivo frustrata. Imbarazzata. Dio, ero fuori nuda! «Devo entrare.»

«Okay,» disse lui, posando la sua mano sulla mia per aiutarmi a far girare la chiave. Quando la serratura scattò, si allungò verso il basso e fece girare la maniglia. «Entriamo e-»

«No. Solo io.» Entrai nell'ingresso e mi voltai a guardarli. Come ci si salutava nudi? Ero ridicola, lo sapevo, ma non potevo fare altro. Non sapevo come sentirmi e stavo cominciando a uscire di testa.

«Non possiamo lasciarti entrare da sola così,» disse Cord mentre saliva lentamente i gradini. Le sue dita mi avevano penetrata a fondo, mi avevano portato all'orgasmo, e adesso voleva tranquillizzarmi.

«Vi prego, sto bene.» Rivolsi loro un sorriso falso perchè era troppo. *Loro* erano troppo. «Ho solo bisogno di stare da sola.»

«Kady,» esordì Riley.

«Grazie, per la cena e, be', per tutto. Io... questo, um, noi. È troppo e ho bisogno di pensare.»

Entrambi rimasero in silenzio mentre mi osservavano. Non in modo sensuale come avevano fatto prima, ma con preoccupazione.

«Va bene,» disse Cord.

«Cosa?» Riley si voltò a guardarlo.

«Ti lasceremo in pace. Ma devi mandare un messaggio a Riley tra un'ora per dirci che stai bene altrimenti torneremo questa notte.» Lo sguardo serio di Cord era fisso su di me.

Io annuii, sollevata, tuttavia sapevo che se non avessi fatto come aveva detto, sarebbero tornati e avrebbero abbattuto la porta a calci se necessario. «Va bene.»

«E passeremo domani alle otto,» aggiunse.

Riley stava lentamente scuotendo la testa, ma teneva le labbra strette, chiaramente non contento.

«Per cosa?» domandai, scivolando dietro la porta per coprirmi meglio che potessi.

«Per noi.» Disse Cord in tono conclusivo. «Dovrai essere pronta per noi per quell'ora.»

Si voltò, raccolse il suo cappello dalla veranda e se lo mise in testa, poi scese i gradini fino al furgone. Con un'ultima occhiata intensa – e preoccupata – Riley annuì e lo seguì, i suoi stivali che schizzavano acqua dalle pozzanghere.

Io chiusi la porta e mi ci appoggiai, il legno freddo contro la mia pelle nuda. Voltando la testa, colsi il mio riflesso nello specchio contro la parete. Non potevo non notare il succhiotto sul collo nè, oddio, un intenso segno rosa appena sopra il capezzolo destro. Un morso. Avevo i capezzoli duri, rossi e sensibili. Tra le gambe, sentivo un po' di dolore e di desiderio pulsante. Il clitoride mi pizzicava per via di tutto quel piacere e mi sentivo il loro seme scorrermi lungo le cosce. In abbondanza.

Avevo proprio l'aspetto di una bella scopata. Di una bella soddisfazione. Era così che mi sentivo. Eppure li avevo cacciati via come se si fosse trattato solo di una sveltina. Come se non avesse significato nulla. Eppure, in realtà, aveva significato *troppo*.

Quando Cord aveva detto che avrei dovuto essere pronta per loro due la mattina seguente, non credo intendesse pronta ad uscire di nuovo con loro. No, voleva dire che mi stava lasciando la notte per pensare, per fare pace con quanto era appena successo. Che era speciale. Selvaggio. Sexy. Sporco. Stupendo.

E avevano intenzione di rifarlo, quello e molto altro.

La mattina dopo avrei dovuto essere pronta ad accettare loro, *noi*.

5

CORD

Quando accostammo in macchina la mattina seguente, lei uscì sul portico. Volevo pensare che fosse impaziente di vederci. Io ero sul mio furgone, mentre Riley mi seguiva a ruota sul SUV che aveva comprato per lei con i soldi della tenuta. Non era robusto quanto il suo pickup o il mio, ma ci andava dannatamente vicino. Era alto, aveva le ruote grandi, un sacco di airbag e se la sarebbe cavata bene sulla neve. Non che Kady avesse in programma di trovarsi ancora qui quando sarebbe giunto l'inverno, ma il SUV era una scelta saggia. Una scelta sicura. A prescindere da quanto sarebbe rimasta, non le avremmo permesso di mettersi alla guida di un minuscolo pezzo di ferraglia che avrebbe potuto farsi schiacciare da un semiarticolato.

Scendemmo dalle auto e risalimmo il vialetto per raggiungerla.

«Cos'è tutta quella roba?» domandò lei.

Io sollevai il suo regalo, le dita che stringevano il cuoio flessibile. Avevamo chiesto a Betty, la proprietaria del negozio di vestiti in paese, di aprire prima solo per noi. Dal momento che intendevamo acquistare stivali da donna e che non avevamo portato alcuna donna assieme a noi, non avevo dubbi che si sarebbe sparsa la voce su Kady piuttosto in fretta in tutto il paese. Specialmente dal momento che Betty era nota per avere la lingua lunga. A me stava bene. Prima si fosse diffusa la voce che Kady era già stata rivendicata, meglio sarebbe stato.

«Stivali per te. Li abbiamo presi in paese. Tutti indossano degli stivali da queste parti, perfino le belle donne in abiti sexy.»

Quella mattina, si era messa un altro dannato abitino. Questo era di jeans e aveva una sottile cintura in vita e dei bottoni che scendevano su tutta la parte frontale. Sembrava un po' una lunga camicia ed era maledettamente sexy, anche se avrei preferito vederla con indosso una delle mie... e nient'altro. Ai piedi aveva un altro paio di sandali. Bassi. I capelli erano raccolti in una coda di cavallo, i riccioli rossi domati, sebbene non fossi certo per quanto. Una volta che vi avessi infilato le dita, le sarebbero di nuovo ricaduti sulle spalle.

«Come avete indovinato il mio numero?»

Riley sollevò il suo sandalo super sexy della sera prima. Uno di quelli che mi aveva premuto nella schiena mentre me la scopavo contro il muro. Nell'altra mano aveva il suo abito ripiegato, quello che le aveva sfilato lui dalla testa e gettato sulla veranda, con il reggiseno in pizzo posato ordinatamente sopra.

Lei arrossì e si morse il labbro inferiore. «Mi... um, mi ero chiesta dove fossero finite quelle cose.»

Dopo che era entrata in casa la sera prima, Riley le aveva notate ed era andato a prenderle prima che ce ne fossimo andati. Col cavolo che avremmo permesso a chiunque altro nel ranch di scoprire anche solo in parte cosa avevamo fatto. Sebbene ce la fossimo scopata all'aperto, era una cosa privata, un qualcosa che apparteneva solamente a noi tre. Diamine, non sarei mai più riuscito a guardare quella veranda senza pensare a quanto lei fosse stata bagnata, quanto fosse stata stretta mentre la penetravo. I versi che aveva emesso venendo.

Mi si rizzava al solo vederla, impaziente di ritrovarla. Diamine, il mio pene – e il resto del mio corpo – non avrebbe voluto andarsene la sera prima. Ma ci eravamo posti in maniera piuttosto forte e non la biasimavo per aver voluto un po' di tempo per riflettere. Dovevo solamente sperare che non fossimo troppo per lei.

Due uomini che la volevano, che se la scopavano sulla sua veranda. Era stata la scopata più eccitante della mia vita. Brutale e selvaggia, era venuta così in fretta. Anche io, e volevo rifarlo, dimostrarle che potevo durare più di un ragazzino. E vedere Riley scoparsela, e quei seni meravigliosi, che sobbalzavano ad ogni spinta dei suoi fianchi contro il sedere perfetto di lei... Dio, ce l'avevo di nuovo duro. L'aveva desiderato. Ogni contrazione della sua vagina, ogni suo gemito e grido ci aveva comunicato che era sempre stata lì con noi. Diamine, era stata lei a cominciare, tuttavia ciò non significava che dovesse essere facile per lei venirci a patti. Non avevo dubbio che il tipo di sesso che avevamo condiviso non fosse una cosa che provava ogni giorno. Nè che l'avesse mai provato prima di allora.

Pure io stavo avendo difficoltà ad assimilare il tutto. Avevo a malapena chiuso occhio quella notte, ripensando a quanto fosse stata stretta la sua vagina. Quanto bagnata. Quanto si fosse mostrata selvaggia per noi. Avevo saputo che sarebbe stata passionale, ma non si era minimamentre trattenuta. No. Si era data alla follia tanto quanto noi.

Tuttavia, ciò non significava che io e Riley non fossimo stati dei fottutissimi stronzi. Era stata la prima volta che non avevo usato protezione. Niente preservativo. Avevo sempre avuto abbastanza neuroni nel cervello da ricordarmi di mettermelo. Ma con Kady? Già, l'avevo presa senza nulla ed era stato incredibile. Riley aveva detto la stessa cosa, si era sentito anche lui una merda. Tuttavia, era stata la scopata migliore della mia vita. Ed era stata brutale e rapida contro la casa. Lei non era stata nemmeno nuda. Le avevo semplicemente strappato via le mutandine e l'avevo penetrata a fondo. Quella piccola insegnante delle elementari mi aveva fatto perdere la testa. Mi chiedevo ora se le avessi fatto male, se fossi stato troppo brusco.

Ovvio che ero stato troppo brusco.

«Siediti,» dissi, spostandomi sui gradini e sedendomi su quello più alto. Lei si accomodò accanto a me ed io le presi un piede, slacciai il piccolo cinturino su un lato di uno dei suoi sandali e poi sull'altro così da lasciarla scalza.

Infilando una mano negli stivali, ne estrassi un paio di calze lunghe che Betty ci aveva venduto assieme al resto.

Kady me le prese e se le infilò, facendo poi lo stesso con gli stivali.

«Alzati, dolcezza. Vediamo come ti stanno.»

Lei scese i gradini e andò nell'erba bassa fissandosi i piedi. «Non ho mai indossato stivali da cowgirl prima d'ora.»

Sollevò la testa e sorrise con chiaro piacere. «Grazie.»

«Quel paio rosso sembrava fatto apposta per te,» disse Riley.

Era vero. Erano fottutamente bellissimi ai suoi piedi. Tipico stile di stivali da cowboy a punta con tacco largo e basso, ma erano rossi e avevano una cucitura nera a fare da rifinitura. E con l'abito? Perfetti.

«Vi andrebbe un po' di caffè, ragazzi?» chiese lei.

«Sissignora,» rispose Riley, rivolgendole uno dei suoi sorrisetti da conquistatore e porgendole una mano.

Lei arrossì nuovamente e l'accettò, entrando in casa. Io li seguii. Dopo aver armeggiato un po' con la caffettiera, messo il macinato in cima e aggiunto l'acqua, Kady si voltò verso di noi. «Mi... um, mi spiace per ieri sera. Non per quello che abbiamo fatto, ma non avrei dovuto sbattervi la porta in faccia.»

«Siamo stati troppo bruschi,» dissi immediatamente io. Non avrebbe dovuto essere lei a scusarsi. «Ti abbiamo presa senza usare nulla.»

«Avremmo dovuto usare dei preservativi. Se hai un ritardo, faccelo sapere subito,» disse Riley appena dopo di me, avvicinandosi a lei e sollevandole il mento.

Anch'io avevo riflettuto su quella possibilità. Sul fatto che eravamo stati degli irresponsabili, che avremmo potuto averla messa incinta.

«Oh, quello.» Si passò le dita dietro l'orecchio, nonostante avesse i capelli raccolti. Un'abitudine che stavo imparando assumeva sempre quando era nervosa. «Prendo la pillola, non c'è da preoccuparsi in quel senso.»

Sospirai e Riley le rivolse un sorriso incerto. Per quanto l'idea di avere un bambino con Kady fosse fottutamente eccitante, non era quello il momento. O, quantomeno, non lo sarebbe stato fino a quando lei non fosse stata pronta. Già, era un'idea del tutto folle, prendere in considerazione un figlio. Ma volevo Kady, e volevo vedere il suo ventre crescere con un bambino che vi avevamo messo dentro noi. Sapere che il nostro seme l'aveva riempita abbastanza da crearne uno.

«Io sono pulito. Posso mostrarti i documenti se vuoi.» Riley mi lanciò un'occhiata. «Non è da noi fare così. Io ho sempre usato il preservativo. Ogni volta, prima di te.»

«Ed io lo stesso. Ogni volta, ma con te, ho completamente perso la testa. E lo sono anch'io. Pulito, intendo. Ho fatto un controllo giusto il mese scorso,» le assicurai.

Lei si voltò, tirò fuori delle tazze dalla credenza mentre l'aroma di caffè riempiva l'ampia cucina, tenendosi occupata.

Una parete della stanza era fatta tutta di vetro, la vista a ovest mostrava montagne innevate e il recinto più vicino. I cavalli stavano brucando mentre il sole si alzava lentamente in cielo, asciugando la rugiada e la pioggia della sera prima.

«Okay. Forse abbiamo fatto le cose un po' al contrario, ma lo sono anch'io. Pulita. Ho donato il sangue il mese scorso.»

Riley le si avvicinò da dietro e si appoggiò al bancone con le mani ai lati dei suoi fianchi, intrappolandola. «Bene,» disse, chinandosi su di lei e sussurrandole all'orecchio. «Molto bene, perchè significa che possiamo farlo di nuovo senza.»

Lei si voltò di scatto, sollevò lo sguardo su di lui, ma Riley non si spostò, si limitò a tenerla lì chiusa tra le sue braccia. «L'avete già fatto in passato?»

«Scopare senza preservativo?» chiese Riley.

Lei chiuse per un attimo gli occhi, come se quella conversazione fosse difficile per lei. «No. Sì. Voglio dire, prendere una donna. Insieme.»

Io feci il giro del bancone e mi appoggiai contro il frigo, così da esserle accanto. «Sei la prima per noi. La prima che scopiamo senza nulla. La prima che rivendichiamo insieme. La prima che prendiamo all'aperto così. Brutalmente. Con forza. Diamine, dolcezza, ti volevo troppo per riuscire anche solo ad arrivare alla porta.»

A quel punto lei sorrise, chiaramente contenta di aver avuto quel potere su di me.

«Abbiamo solo bisogno di sapere se siamo troppo per te.» Allungai una mano, accarezzandole la spalla con un dito. «Se ti abbiamo fatto male. Se ti abbiamo lasciato dei lividi. L'hai detto tu stessa che sono enorme. Non voglio farti del male.»

Lei scosse la testa, incrociando il mio sguardo con i suoi occhi verdi. «Non mi avete fatto male. Mi-mi è piaciuto.»

Sospirai e sorrisi mentre qualcuno bussava alla porta. Kady voltò la testa verso quel rumore.

«Probabilmente si tratta di qualcuno del ranch,» le disse Riley. «Volevano conoscerti e abbiamo detto loro di venire quando ci fossimo stati anche noi. Non volevamo che ti preoccupassi di un gruppo di uomini estranei che ti si presentavano alla porta.»

Figuriamoci. Proprio quando la nostra donna ci aveva detto che non eravamo stati troppo violenti e che le era piaciuta la scopata selvaggia che avevamo fatto, dovevano presentarsi i ragazzi del ranch. Nonostante avesse detto che non le avevamo fatto male, avevo dei dubbi al riguardo. Due peni grossi ai quali non era abituata che le avevano penetrato quella vagina perfetta voleva dire che aveva bisogno di una pausa. Tuttavia, ciò non significava che non ci saremmo potuti infilare sotto quel suo bel vestitino per un piccolo assaggio. Ero certo che sarebbe stata dolce come il miele.

Riley si scostò dal bancone della cucina e andò alla porta. Aspettai che Kady lo seguisse, poi le camminai affianco, mettendole una mano attorno alla vita. Non riuscivo a resistere al contatto.

Due uomini entrarono e Riley fece le presentazioni. Sebbene non fossero grandi quanto me, erano robusti, specialmente se messi uno accanto all'altro. Impressionanti, sì. Ma non avrebbero fatto del male a Kady. Assolutamente. Quegli uomini si prendevano cura delle donne. Le proteggevano, le tenevano al sicuro, anche se non gli appartenevano.

«Kady, loro sono Jamison, il caposquadra, e Sutton, il capo dei cowboy.»

Loro si tolsero i cappelli da cowboy e le strinsero la mano, rivolgendole dei piccoli sorrisi e un sincero interesse. Sapevano del testamento, delle cinque figlie che avevano ereditato tutto, e si erano mostrati tanto curiosi quanto tutti quanti noi nei loro confronti. Dal momento che Kady era stata la prima ad arrivare al ranch, e che fosse anche bellissima, li incuriosiva. Lei, di rimando, lanciò loro un'occhiata altrettanto interessata. Non sessualmente, ma con una certa sorpresa. Non erano delle checche da costa dell'est in giacca e cravatta o ginnasti su un tapis roulant. Si facevano i muscoli lavorando sodo e vivendo la dura vita del Montana.

Jamison aveva una decina d'anni più di me. Sulla quarantina, era serio e leale. Un vero cowboy fino al midollo. Dannatamente troppo vecchio per Kady. A Sutton piacevano le cose un po' spinte e se anche Kady avesse dimostrato interesse in quel campo, saremmo stati io e Riley a soddisfarla. Lui non le avrebbe mai posato nemmeno un dito addosso.

Lanciai loro un'occhiataccia alle spalle di Kady, assicurandomi che capissero che era già nostra. Sebbene non ritenessi nessuno dei due attraente, le donne in paese sembravano pensarla diversamente ed erano attirate da loro come delle calamite. Dovevo solamente sperare che Kady non provasse la stessa attrazione. Sapevo che Jamison e Boone, il dottore del paese, stavano cercando una donna da condividere, ma che non l'avevano ancora trovata. E dal momento che Kady non rifiutava una cosa a tre...

«Begli stivali, signora,» disse Jamison con un sorriso galante. «Io abito nel cottage accanto al torrente se le serve qualcosa.» Accennò con la testa in direzione di Sutton. «Lui e gli altri stanno nella baracca. I numeri di telefono del ranch si trovano appesi al frigo nel caso dovesse mai avere bisogno di noi.»

Kady annuì. «Grazie. Farò di sicuro un salto a presentarmi a tutti gli altri tra non molto.»

«Se siete interessati a una cavalcata, posso prepararvi un

destriero,» le disse Sutton, infilandosi i pollici nelle tasche anteriori dei jeans.

Cavalcata? L'unica cosa che avrebbe cavalcato Kady sarebbe stata il mio pene. Proprio come aveva fatto la sera prima, premuta contro la casa, con forza, con follia, fino in fondo. E quei tacchi? Cazzo, erano stati come speroni, mi avevano fatto imbizzarrire più che mai.

Dopo che Kady ebbe ringraziato per l'invito, gli uomini non si soffermarono. Potrebbe essere stato per la palese occhiataccia che avevo lanciato loro da dietro le spalle di Kady, comunque ci salutarono. Dovevano andare a fare quel che cazzo dovevano il più lontano possibile da Kady.

Lei tornò in cucina mentre Riley chiudeva la porta d'ingresso e mi lanciava un'occhiata significativa. Era nostra. Avrei dovuto scendere alla baracca ad assicurarmi che tutti lo capissero. Poteva indossare quei suoi bei vestitini e avere le curve più sexy del paese, ma io e Riley eravamo gli unici a intrufolarci dentro le sue mutande. O a infilarcele nel taschino della camicia come aveva fatto Riley la sera prima.

Mentre Kady tirava fuori il latte dal frigo, io posai le chiavi del SUV sul bancone. «Queste sono per la tua macchina.»

Lei si voltò e lanciò un'occhiata diffidente alle chiavi mentre teneva in mano il cartone da mezzo litro. «Macchina?»

«La tua auto. Non puoi ritrovarti sempre bloccata qui nel ranch. Per quanto il paese sia piccolo, vorrai poter uscire. Il negozio, un po' di spesa, andare in chiesa. Diamine, quello che ti pare.»

«Non ho soldi per una macchina,» controbatté lei, posando il latte sul bancone e andando alla finestra per dare una sbirciatina al SUV.

«Sì che ce li hai.»

«Non mi serve quello.» Si voltò a guardarci indicando

fuori dalla finestra. «Qualcosa di più piccolo e più economico.»

«Non ne avrai uno più piccolo,» dissi io con un ringhio. Quando lei si acciglò, sospirai. «Vogliamo che tu sia al sicuro, dolcezza.»

«E per quanto riguarda il più economico?» Riley fece spallucce. «Vedila così. E' un veicolo del ranch. Dal momento che sei l'unica ad abitare qui, lo puoi guidare.»

Lei ci lanciò un'occhiata prudente, arricciò perfino le labbra. Sapeva che Riley stava rigirando la frittata, ma non aveva scelta. Non avrebbe vinto quella battaglia. «Va bene.»

Soddisfatto, andai alla caffettiera e versai il caffè nelle tre tazze.

«Saremo entrambi in tribunale, questo pomeriggio. Ad Helena,» disse Riley mentre gli porgevo una tazza. La sua voce recava la stessa rassegnazione che provavo io. Non avremmo potuto restare lì con lei quanto avremmo voluto – nudi e nel suo letto. Ma le avevamo dato ciò di cui aveva bisogno per quel giorno. Degli stivali robusti – e sexy – e il SUV.

«Il processo potrebbe durare tutto il giorno e se il giudice dovesse chiedere una sospensione, protrarsi fino a domani,» spiegò Riley. «Torneremo allora. Se ce lo permetterai, ci piacerebbe portarti a fare un giro.»

Non avevo alcun interesse nel restare ad Helena fino al giorno dopo. Quel maledetto processo non sarebbe potuto giungere in un momento peggiore, ma d'altronde era nell'aria da prima della morte di Aiden Steele. E il giudice non avrebbe accettato un ritardo solo perchè uno degli avvocati ed un testimone chiave dovevano scoparsi la loro donna.

«D'accordo,» disse lei, senza troppa rimostranza.

Impaziente, io la raggiunsi e le accarezzai i capelli. Morbidi come seta. Avrei voluto strattonarle via l'elastico che li teneva indietro e intrecciarci le dita. «Ti abbiamo spaventata ieri sera?»

I suoi occhi verdi incrociarono i miei e li vidi accendersi, vidi le sue guance arrossire.

«Siamo stati bruschi. Molto bruschi. Cazzo, dolcezza, io non so come andarci piano. E con te non sembro proprio riuscire a controllarmi.»

Premetti i fianchi contro il suo ventre così che potesse sentire quanto ce l'avessi duro.

«Come ho già detto, non siete stati troppo bruschi. Smettetela di preoccuparvi.»

Le sollevai il viso con una mano, piegandole la testa di lato. «Ti ho lasciato un segno sul collo. Hai dei lividi? Ti farà male la schiena.»

Lei scosse la testa. «Sto bene. Io... um, ve l'ho detto, mi è piaciuto. Mi è piaciuto tutto, nel caso non l'aveste notato.»

Io sogghignai, sollevato. «Sì, l'abbiamo notato.»

«E vogliamo rifarlo,» aggiunse Riley, raggiungendola da dietro e sistemandosi alle sue spalle. «Anche se magari in un letto.»

«Se non altro dentro casa,» ribatté lei, con una traccia di umorismo.

«Non ci serve un letto.» Guardai il bancone della cucina alle sue spalle. «Quell'isola va più che bene.»

Riley gemette. «Non possiamo iniziare adesso. Se lo facessimo, non ce ne andremmo più e faremmo tardi ad Helena.»

Alla mia erezione non piacquero le parole di Riley. Feci comunque un passo indietro, abbassando una mano per sistemarmelo meglio dentro ai pantaloni. Non mi attirava l'idea di farmi lasciare sul pene un segno dalla zip.

«Sono una donna adulta, me la caverò. E magari stiamo correndo un po' troppo?» domandò Kady.

«Correndo?» ribatté Riley.

«Questo... qualunque cosa sia. È intenso,» ammise lei, agitando la mano tra noi tre. «Io non ho mai... Non è mai, voglio dire, non dovrebbe essere così.»

«Così come?» chiese Riley.

Lei chiuse gli occhi per un istante, poi incrociò con decisione il mio sguardo. «Potente.»

«Cazzo, sì,» disse Riley.

Potente. Ecco una parola per descriverlo. Lei era come una fottuta droga.

«Abbiamo anche noi la stessa sensazione, dolcezza. Te l'abbiamo detto che ti vogliamo. Non abbiamo intenzione di cambiare idea.»

Mentre dicevo così, Riley annuiva.

«Okay.»

Lui le accarezzò una guancia con le dita. «Brava ragazza.»

«Dimmi, dolcezza. Hai le mutandine addosso?» Dovevamo andarcene, ma ciò non voleva dire che non potessimo lasciarla in maniera che pensasse a noi. Farle desiderare di averci tanto quanto noi volevamo lei. E che non potessimo prenderci un regalino da portarci in viaggio.

Le sopracciglia le si inarcarono fino a formare una piccola V. «Sì.»

Piegai le dita. «Dammele qua.»

Riley si spostò per appoggiarsi al bancone e incrociò le braccia al petto per guardarci.

Lei lanciò un'occhiata a entrambi e, proprio di fronte ai nostri occhi, riuscimmo a vedere la sua mente cambiare marcia, accendersi di eccitazione di fronte alle nostre parole, a ciò che volevamo farle, al modo in cui la guardavamo. Fu una cosa bellissima, quell'impercettibile sottomissione. Poteva essere sorpresa della velocità con cui stessero progredendo le cose, ma ci stava in pieno.

Mi premetti un palmo contro l'erezione cercando di tenerla a bada.

Lei si fece scorrere le mani sull'esterno coscia, sollevando l'orlo del vestito man mano che saliva fino ad infilare le dita nell'elastico delle mutandine e farsele scivolare giù per le gambe. Ci fu messo in mostra solamente un accenno di natiche prima che il vestito tornasse al suo posto. Con attenzione, le fece passare sopra agli stivali nuovi e ne uscì, tenendo il piccolo pezzo di stoffa su con un dito.

Erano color lavanda, di pizzo e microscopiche.

Allungai una mano e gliele presi. Erano umide e ancora calde del calore della sua vagina. Gemetti.

«Ti sei bagnata per noi?» chiese Riley.

Kady annuì.

«Toccati e facci vedere.»

Infilando di nuovo una mano sotto al vestito, lei eseguì l'ordine di Riley e si accarezzò la pelle perfetta. Chiuse gli occhi e dischiuse le labbra ed io seppi che si stava toccando.

«Facci vedere,» ripeté Riley con un ringhio.

Lei sollevò la mano, mostrando ad entrambi le due dita che luccicavano del suo liquido.

Riley avanzò, le afferrò la mano e si infilò quelle due dita bagnate in bocca, leccandole.

«Cazzo, è così dolce,» ringhiò una volta che le ebbe pulite del tutto. «Il nomignolo che ha scelto Cord è perfetto per te.» Mi lanciò un'occhiata e seppi che era a un passo dallo spingerla contro quella maledetta isola, allargarle le cosce, sollevarle il vestito e divorarsela.

«La tua figa, Kady, è nostra,» disse Riley.

Pensai che lei avrebbe protestato, che ci stessimo comportando come dei bastardi possessivi, ma invece si limitò ad annuire. Serrai la mascella, consapevole ora che la sua figa fosse effettivamente nostra. E quando l'avremmo presa di nuovo, niente si sarebbe frapposto tra lei e le nostre erezioni. Niente preservativi, solamente pelle su pelle. Una scopata al naturale.

«Non toccartela,» le dissi. «Se vuoi venire, aspetti che torniamo domani. Ci prenderemo cura di te come si deve.»

Il suo sguardo sostenne il mio ed io vi scorsi l'impazienza, il bisogno che vi brillava dentro. Eravamo tutti eccitati, pronti a scopare e saremmo stati nervosi fino al giorno successivo.

«Hai i nostri numeri di telefono. Se ti serve qualcosa, incluso un orgasmo, chiamaci.»

«In qualunque momento,» aggiunse Riley.

Kady annuì di nuovo.

Uscimmo, lasciandola lì in piedi nella cucina, tutta eccitata e bagnata, dolce e perfetta. Il mio pene ce l'aveva a morte con me, ma non potevo farci nulla. Per il momento. L'indomani? Kady non si sarebbe ricordata nemmeno il suo nome quando avessimo finito con lei.

6

KADY

Pensai a Riley e Cord per tutto il giorno. Come avrei potuto non farlo quando mi avevano lasciata natiche al vento e piena di voglia? Non appena se ne furono andati, corsi al piano di sopra in camera mia e aprii il cassetto della biancheria, pronta a mettere su un altro paio di mutandine. Tuttavia, mentre fissavo la pila di seta e raso, sogghignai. Visto come stavano andando le cose con quei due, il cassetto sarebbe stato vuoto prima della fine del mese. Cord mi aveva fatto l'occhiolino mentre si infilava nella tasca dei pantaloni il paio color lavanda che avevo avuto indosso uscendo dalla porta.

Non stavo mai senza mutandine. Mai. Col vestitino che avevo addosso, non potevo dimenticarmi di essere nuda dal momento che l'aria fresca mi accarezzava la figa calda e bagnata. Stringere le cosce non servì ad alleviare neanche minimamente il desiderio pulsante che provavo. E il concetto di stare senza mutande? Non era poi così selvaggio, ma non era da me, la Signorina Insegnante, era lascivo. Sporco.

Non sporco come scoparmeli entrambi sulla veranda. Ed ecco perchè richiusi il cassetto e scesi in paese col mio nuovo SUV esattamente così come mi avevano lasciata. Essendo Barlow così piccola, indovinai facilmente dove avessero acquistato i miei irresistibili stivali nuovi, così mi dedicai ad una piccola sessione di shopping alla ricerca di jeans – e mi assicurai di non far dare a nessuno un'occhiata sotto l'abito e di tenermi alla larga dalle forti folate di vento.

Possedevo già un paio di jeans, ma basandomi sulle donne che avevo visto in giro per il paese, il mio solito indossare abiti era più abbigliamento da chiesa che da ranch. Ai ragazzi non sembrava dare fastidio, specialmente dal momento che potevano arrivare dritti a ciò che volevano con tale facilità. Non mi aspettavo di venire mai considerata una cowgirl del Montana, ma se avessi mai dovuto andare a cavallo, i jeans erano un obbligo.

Più tardi quella sera, mentre mi facevo un bagno nell'enorme vasca idromassaggio nel bagno padronale, pensai ad Aiden Steele. Mio padre. Non c'erano molte sue fotografie in casa. Solamente un paio nel suo ufficio, ma era sempre in gruppo. Sebbene mi fosse sempre stato detto che assomigliassi a mia madre, seppi immediatamente da chi avessi preso gli occhi. Aiden. Li aveva avuti verdi come i miei e altrettanto grandi. Tuttavia, sembrava essere tutto ciò che mi aveva dato. Certo, adesso ero ricca grazie a lui, ma non ci avevo mai parlato. Non avevo mai saputo nemmeno della sua esistenza. Avevo sperato che avrei trovato una lettera o anche solo un post-it da parte sua indirizzato a me. Ma tutti i suoi effetti personali erano stati portati via dal suo ufficio così come dal resto della casa. Niente documenti degni di nota sulla scrivania. Nulla nello schedario in legno in un angolo.

Dovetti chiedermi se mi sarebbe piaciuto. I ragazzi

avevano detto che era stato un uomo difficile e mia madre non l'aveva mai nominato. Mai una volta avevo sospettato che mio padre – Michael Parks – non fosse il mio genitore biologico. Dovetti chiedermi se mia madre, se ancora fosse stata in vita, mi avrebbe eventualmente parlato di Aiden. Ormai non l'avrei mai saputo. Tutti i miei genitori, a quanto pareva, erano morti. Per quanto mi trovassi da sola in quella casa, ora, avevo comunque delle sorelle. Tante, e quel posto era loro tanto quanto mio. E di Beth. Ma non era tutto.

Io avevo Cord e Riley. Uscii dalla vasca e mi asciugai con uno degli asciugamani in spugna. Era folle pensare che avessimo una relazione. Che quella... *cosa* tra di noi fosse più di una storiella. Non avevo mai avuto una sveltina. E le relazioni durature non erano mai state così sexy e appassionate. Mi ci erano volute settimane per fare sesso con quegli uomini. Era stata una cosa graduale. Come un ghiacciaio. Questa cosa, con Cord e Riley, era come un fiume in piena. Mi aveva travolta e mi stava trascinando via con la corrente. Non potevo oppormi. Non volevo farlo.

Mi infilai l'accappatoio, appesi l'asciugamano sul retro della porta e tornai in camera mia. La luna era abbastanza luminosa da non esserci bisogno di accendere le luci.

Mi tolsi l'accappatoio lungo, mi misi una camicia da notte e mi infilai sotto le lenzuola fresche, la casa buia e la notte silenziosa. Avevo la finestra aperta per far entrare la fresca brezza estiva e solamente la luna offriva alla stanza un leggero bagliore. Mi sentivo irrequieta, il mio corpo aveva bisogno di attenzioni. Mi scalciai via le lenzuola.

Avevo bisogno di Cord e Riley. Volevo il loro tocco. Le loro parole sporche. I loro cazzi.

Gemetti e mi feci scorrere una mano giù tra le cosce, con solo il leggero cotone della mia camicetta da notte a impedirmi di venire a contatto direttamente con la mia vagina. Mi girai a pancia in giù, il palmo della mano premuto tra le gambe, il sedere gettato in aria. Il tessuto si inumidì subito contro le mie dita ed io le ritrassi. Cord aveva detto che non dovevo toccarmi, ma io feci ondeggiare i fianchi, sperando che il letto mi avrebbe sfregato contro il clitoride gonfio. Se fossi venuta grazie alle lenzuola, non avrebbe contato come toccarmi.

Gemetti frustrata. Ero drogata. Come Beth, avevo una dipendenza. Ma Riley e Cord non erano pericolosi. Ti stravolgevano la vita, quello sì. Ma in senso buono. Era da tanto che non mi sentivo così spensierata, così emozionata. E così eccitata. Non avevo idea di essere una persona tanto lasciva da potermi eccitare al solo pensiero di Cord e Riley. Avrei potuto semplicemente toccarmi, farmi venire, ma non sarebbe stato divertente. Sarebbe stato un sollievo rapido, ma vuoto. Avrei potuto chiamarli, accettare la loro offerta di sesso telefonico. Adoravo la strana necessità di obbedire loro in quello e toccarmi solamente con il loro permesso, anche se fosse stato via telefono – eppure volevo venire.

Gemetti, rotolai nuovamente sulla schiena e cercai di addormentarmi mentre guardavo le tende muoversi nella brezza leggera.

Qualcosa mi spaventò, facendomi rizzare a sedere sul letto. Dovevo essermi addormentata, perchè ero confusa circa dove mi trovassi. Mi guardai attorno, mi ricordai della stanza accogliente che avevo scelto a casa Steele. Mi trovavo nel Montana. Rilassando le spalle, tornai a sdraiarmi nel letto, solo per rimettermi di nuovo a sedere di scatto.

C'era un rumore. Non un rumore esterno come quello di una macchina. Eravamo talmente lontani dalla strada che non c'erano auto di passaggio. Non era un animale. Era un...

Colpo.

Un pezzo di arredamento che si spostava. Anche il mio cuore ebbe un balzo, finendomi dritto in gola. C'era qualcuno in casa. Scivolai giù dal letto e andai alla porta.

Era leggermente aperta e sbirciai fuori. Tutto ciò che riuscii a vedere fu il corridoio buio, ma c'era decisamente qualcuno che vagava per casa. Potevano essere Jamison o Sutton?

No, non sarebbero entrati in casa nel pieno della notte senza avvisare. Non si sarebbero presentati a quell'ora nemmeno suonando il campanello. Non a meno che non ci fosse stata un'emergenza, e in quel caso mi avrebbero chiamata.

Questa persona non stava cercando di attirare la mia attenzione. Dovetti pensare che non sapesse dove stava andando. Una sedia sfregò sul pavimento di legno. Lui, loro, di chiuque si trattasse, era ancora al piano di sotto.

Oddio. Non mi era mai capitata una cosa del genere. Cosa dovevo fare? Non avevo armi, non ne sapevo nulla di autodifesa. Non potevo uscire dalla porta d'ingresso, le scale scendevano dritte al centro della casa e chiunque fosse stato di sotto mi avrebbe vista. E non ero così silenziosa – o minuta – da aggirarli in punta di piedi.

Un altro colpo.

Avevo il cuore che mi batteva talmente forte da sembrarmi sul punto di esplodere. Non avevo un telefono fisso in camera, ma avevo il mio cellulare. Dio, il mio cellulare! Mi diressi il più silenziosamente possibile fino al comodino e lo staccai dal cavo di ricarica. Con dita tremanti, digitai il 911.

«911, di cosa ha bisogno?»

«C'è qualcuno in casa,» sussurrai al telefono, coprendomi la bocca con la mano.

«Signora, riesco a malapena a sentirla. È nei guai?»

«Sì!» sibilai.

«Dove si trova?»

«Steele Ranch.»

Dovevo sperare che quella donna sapesse dove si trovava,

perchè io non avevo idea di quale fosse l'indirizzo. Che poi, un ranch da più di sessantamila acri aveva un numero civico?

«Ha detto Steele Ranch?»

«Sì.»

«Le mando subito degli agenti.»

Un altro colpo, questa volta più forte.

Misi giù. Mi trovavo nel bel mezzo del nulla. Dio, quanto ci sarebbe voluto prima che fosse arrivata la polizia? Dove si trovavano? A Barlow?

Avrei potuto chiamare la baracca. C'era un gruppo di uomini appena in fondo alla collina. O Jamison. Ma non avevo il loro numero. Jamison aveva detto che l'elenco era appeso al frigorifero.

Non c'era modo di chiamarli.

Cord. Riley. Avevo i loro numeri. Avrei potuto chiamare loro. Scorrendo il più velocemente possibile la rubrica, giunsi al numero di Cord, primo in ordine alfabetico, e premetti Invio. Un altro colpo mi fece sobbalzare. Ring!

Oddio. Si trovavano ad Helena!

Non sarebbero riusciti a tornare da me in tempo. Cosa dovevo fare? Io-

«Ehi, dolcezza. Non ti sei ancora toccata, vero?»

«Cord. Aiuto,» sussurrai.

«Che succede?»

Forse era stato il tono della mia voce, ma aveva capito subito che non avevo bisogno di aiuto con un orgasmo.

«C'è qualcuno in casa,» ripetei.

Sentii Cord parlare con qualcun altro, la voce forte e chiara nel mio orecchio, ma non vi stavo prestando attenzione.

«Dove ti trovi esattamente?» mi chiese.

«In camera mia.»

Andai a mettermi in un angolo, curvando le spalle per fare meno rumore possibile.

«Stiamo arrivando.»

«Helena è troppo lontana!» sibilai.

«Siamo quasi a Barlow. Abbiamo appena superato la via del ranch. Riley sta facendo inversione. Entra nell'armadio. Mettiti a terra. Chiudi la porta. Qualunque cosa tu faccia, non uscire fino a quando non senti uno di noi. Okay?»

Annuii, mi resi conto che non potevano sentirmi, allora replicai, «Sbrigatevi.»

Terminando la chiamata, aprii la porta dell'armadio il più lentamente possibile, ma quando sentii dei passi salire le scale, mi resi conto che non avevo tempo. Chiunque fosse, mi avrebbe trovata.

L'armadio, però, era piccolo. Minuscolo, e c'erano le mie valigie posate a terra. E meno male che la camera della governante era accogliente. Non sarei riuscita ad entrarci e non potevo tirar fuori le valigie altrimenti sarebbe stato ovvio dove mi trovassi.

Mi guardai attorno, sentii un'asse del pavimento scricchiolare. La persona si dirigeva alla camera da letto principale. Mi stava cercando!

Non c'era luogo in cui nascondermi, per cui feci l'unica cosa che riuscii a pensare. L'unico posto in cui avrei potuto essere al sicuro. Uscii dalla finestra.

$\mathcal{R}$ILEY

Quando il cellulare di Cord squillò e lui lo sollevò per farmi vedere il nome di Kady sullo schermo, sogghignai e il mio pene si indurì all'istante. Eravamo quasi tornati in città dopo una lunga giornata ad Helena. Io avevo dovuto testimoniare, ma la comparizione di Cord non era stata necessaria ed eravamo stati congedati entrambi. Avevamo deciso di non passare la notte lì, volendo tornare indietro così da poter vedere subito Kady. Proprio come le aveva chiesto Cord, avevo immaginato che volesse divertirsi con un po' di sesso telefonico notturno, o magari ci stesse chiedendo di andare da lei per fare sul serio, felice del fatto che stessimo tornando indietro proprio in quel momento.

Non ci eravamo aspettati che ci dicesse che ci fosse qualcuno in casa, cazzo. Quando Cord mi disse cosa stava accadendo, con la voce che perdeva ogni traccia di ironia per essere sostituita dalla sua precisione militare, io schiacciai il piede sul freno e finimmo entrambi in avanti trattenuti soltanto dalle cinture, le gomme che stridevano sull'asfalto. Feci un'inversione a centottanta gradi e mi fiondai all'imbocco dello svincolo per il ranch. Svoltai di scatto nella via percorrendola ai cento all'ora – per fortuna era dritta e in piano – ma dovetti sperare che nessun cervo decidesse di saltarci davanti.

Cord armeggiò con il proprio telefono, poi se lo riportò all'orecchio.

«Jamison. Kady ha detto che c'è qualcuno nella casa principale,» disse Cord al cellulare. «Un rapinatore. Un ladro. Dannazione, Babbo Natale. Va' subito là perchè è da sola. Noi abbiamo appena lasciato la statale. Bene. Solo non spararci quando arriviamo.»

Mentre stringevo con forza il volante e cercavo di rimanere abbastanza calmo per guidare, ascoltai Cord terminare la chiamata con Jamison e poi con Sutton nella baracca, nella speranza che uno dei due sarebbe arrivato da Kady prima di noi.

Alla velocità a cui stavamo andando, ci avremmo messo circa cinque minuti. Sarebbe potuto succedere di tutto in quel lasso di tempo. Troppo.

«Chi cazzo c'è in quella casa?» chiesi quando si lasciò cadere il cellulare in grembo.

«E perchè?» ribatté lui, guardando l'oscurità fuori dal parabrezza. «Stanno cercando Kady? Che cazzo possono volere da un'insegnante?»

«Magari qualcuno ha sentito dire che la casa era vuota e hanno finalmente deciso di rapinarla,» buttai lì.

«Sono passati mesi e il ranch non è proprio abbandonato. Ci vivono quindici cazzo di uomini. Perchè adesso?»

Non avrei saputo rispondere e lui nemmeno. Avremmo dovuto proteggere Kady, e invece praticamente ce ne stavamo con l'uccello in mano mentre qualche bastardo le dava la caccia.

«Spegni le luci prima di salire sulla collinetta. Vai molto piano sulla protezione per il bestiame e fermati poco prima della casa.»

Feci come aveva detto Cord – il suo addestramento militare ci stava tornando molto utile dal momento che il mio piano era stato salire direttamente su quel dannato portico con tutto il furgone – e non appena ebbi spento il motore, corremmo verso la casa. Era buio, solo la luce esterna accanto alla porta d'ingresso era accesa.

«Io faccio il giro da dietro,» mormorai, e ci dividemmo.

Proprio allora, risuonò uno sparo, che riecheggiò per la prateria vuota. Mi fermai, girando sui tacchi. «Fanculo la porta sul retro,» mormorai, e seguii di corsa Cord sui gradini della veranda fino in casa.

Jamison si trovava in fondo alle scale e si voltò quando facemmo irruzione.

«Via libera!» Il grido proveniva dal piano di sopra.

Jamison annuì e salimmo i gradini due alla volta.

«Qui dentro.» Era Sutton, e seguimmo la sua voce fino alla camera da letto padronale. Lui accese le luci ed eccolo lì, fucile in mano, in piedi sopra ad un corpo. Grazie al cielo, un uomo, non Kady.

Avevo il respiro pesante mentre osservavamo quel bastardo. Bianco, una trentina d'anni. Pelato, una maglietta nera e dei jeans. Tatuaggio sul braccio destro. Sangue che gli usciva da una ferita sul petto. Sutton gli aveva sparato dritto al cuore e non c'era dubbio sul fatto che fosse morto.

«Ho fatto centro,» disse Sutton, la voce bassa. Non conoscevo il suo passato, ma non gli tremava un muscolo, come se non fosse stata la prima volta che gli capitava di fare una cosa del genere. Di certo, aveva un passato da militare o da forza dell'ordine.

«Dov'è Kady?» chiesi, guardandomi attorno.

«Non è qui,» rispose Jamison, addentrandosi ulteriormente nella stanza per poi fare capolino nel bagno padronale annesso.

«Kady!» gridai, correndo sul pianerottolo del secondo piano fino alla stanza della governante che aveva scelto come propria camera da letto. Aprii la porta con tale forza da farla sbattere contro la parete. Un quadro cadde a terra, il vetro che si infrangeva.

Afferrando l'anta dell'armadio, la spalancai. Troppo buio per vederci qualcosa, cazzo, ma Kady non ne uscì. Cord accese la luce ed io riuscii a vedere che lo spazio era fottutamente troppo stretto e pieno di vestiti e altra roba. Niente Kady. Solo delle fottutissime valigie.

Cord era alle mie spalle, che si faceva scorrere una mano sulla nuca.

«Kady!» gridò, la voce che quasi faceva tremare le pareti.

«Qui.»

Gli lanciai un'occhiata e lui si accigliò, voltando di scatto la testa da una parte all'altra.

«Sono qui fuori.»

Cord si girò subito, sollevò la finestra così da aprirla più di qualche centimetro e cacciò fuori la testa. Mi ricordai che tutte le finestre del piano superiore davano sul tetto della veranda che girava attorno a tutta la casa.

«Porca puttana, Kady. Va tutto bene. È tutto a posto.»

Dopo un secondo, Cord indietreggiò e si alzò, tenendo una mano fuori dalla finestra mentre aiutava Kady a scavalcare nuovamente per entrare. Una volta che fu scesa a terra, Cord la prese tra le braccia e la strinse forte. Lei gli avvinghiò le gambe attorno alla vita, aggrappandosi a lui come se ne andasse della sua vita, e cominciò a piangere.

Io sospirai, cercando di rallentare i battiti del mio cuore dal momento che sembrava tutta intera. Illesa. Spaventata a morte, ma intatta. Aveva indosso questa minuscola camicetta da notte che le copriva a malapena il sedere ed io dovetti chiedermi cosa avrebbe fatto quello stronzo se l'avesse vista così. Strinsi i denti al solo pensiero, felice che quel tizio fosse morto.

Jamison e Sutton se ne stavano sulla porta, chiaramente sollevati, ma guardando altrove.

«Ce la portiamo via da qui,» disse Cord, avviandosi verso la porta.

Loro si fecero da parte, facendogli spazio, ed io lo seguii.

«Chiamate Archer. Fate venire qui i suoi uomini per scoprire chi fosse quello stronzo,» ordinò, scendendo le scale a passo lento, probabilmente per non scuotere troppo Kady. «Perchè si trovasse in questa maledetta casa.»

«L'ho chiamato io mentre venivamo qui, ha detto di aver già ricevuto una telefonata da questo indirizzo,» disse Sutton, riferendosi allo sceriffo. Era un nostro amico, avevamo bevuto qualche birra insieme ogni tanto e aveva sempre preso sul serio queste cose. «Dovrebbe arrivare a breve.»

Kady doveva aver chiamato il 911 prima di chiamare noi. Astuta, la ragazza.

«Lei non rimetterà piede qui dentro fino a quando non avremo scoperto di cosa si tratta. Se Archer avrà bisogno di parlare con lei domani, la troverà a casa nostra.»

Jamison e Sutton non dissero nulla. Non ce n'era bisogno. Qualcuno aveva quasi fatto del male ad una di noi e ne avremmo scoperto il motivo. Fino ad allora, non avrei perso Kady di vista. A giudicare dal modo in cui Cord se la teneva stretta contro di sè, la pensava allo stesso modo. Non l'avremmo assolutamente lasciata andare.

$\mathcal{C}$ ORD

Porca puttana. Ero stato in guerra. Avevo visto una battaglia. Vi ero preparato, allenato. Armato fino ai denti. Ma questo? Con Kady? Cazzo. Non avevo mai avuto così tanta paura in vita mia. Mai. Lei mi si stava aggrappando forte, braccia e gambe avvinghiate a me come se ne andasse dell sua vita, a piangermi contro il collo. Con un braccio attorno alla sua schiena e l'altro appena sotto le natiche, la portai fuori casa. Sapevo che Jamison e Sutton si sarebbero occupati del resto e avrebbero scoperto che cazzo fosse successo. Avrei voluto farlo io stesso – era il mio modo di proteggere ciò che era mio – ma Kady era più importante. Quello stronzo era morto e non le avrebbe mai più fatto del male. Il sollievo che mi dava saperlo per certo, sapere che stesse bene, che Sutton avesse abbattuto quel maledetto bastardo prima ancora che potesse arrivare alla nostra ragazza...

Riley guidò in fretta verso casa, ma non in maniera

spericolata. Io la portai dentro e dritto in salotto. Mi dava una sensazione così bella averla tra le braccia, sentire tutta la sua pelle morbida sotto la piccolissima camicetta da notte. Riley si lasciò cadere sul divano ad angolo e mi fece cenno con le dita di passargliela. Io l'avevo portata fuori dalla casa principale allo Steele Ranch e me l'ero tenuta in braccio mentre lui ci riportava in città. Voleva – no, aveva bisogno – di tenerla un po' anche lui. Di sapere che era viva.

Ma non diedi loro troppo spazio, mi limitai a sedermi sul tavolino da caffè così che le mie gambe quasi si scontrassero con quelle di Riley, posando i gomiti sulle ginocchia. Lei aveva smesso di piangere, ma aveva il volto chiazzato e gli occhi rossi. I capelli erano un groviglio indomabile. Le sue dita stringevano convulsamente la camicia di Riley come se avesse avuto paura che potesse scomparire.

«Ti va di dirci cos'è successo?» domandò Riley, la voce rassicurante. Le diede un bacio sui capelli.

Lei trasse un respiro profondo e lo lasciò andare. «Non... Non c'è molto da dire.» I suoi occhi verdi incrociarono i miei sostenendo il mio sguardo. «Stavo dormendo e un rumore mi ha svegliata. All'inizio non sapevo cosa fosse, ma poi l'ho sentito di nuovo. Sono andata alla porta della camera, ho sbirciato fuori. Non c'era nulla da vedere, la casa era buia.»

Aveva la voce flebile, esausta.

«Poi ci sono stati altri rumori e ho capito che c'era qualcuno. Per un attimo, ho pensato potesse trattarsi di Jamison o Sutton. O gli altri uomini che vivono nel ranch, ma non sarebbero venuti in casa senza almeno bussare.»

«Sutton ha detto che hai chiamato la polizia?»

«Sì, ma non sapevo quanto ci avrebbero messo ad arrivare perchè il ranch è *davvero* isolato. Non pensavo sarebbero stati in grado di aiutarmi per tempo. Stavo andando nel panico. Ho-Ho deciso di chiamarvi, ma mentre il telefono squillava mi sono ricordata che eravate ad Helena.»

Io lanciai un'occhiata a Riley e il suo sguardo mi disse che stavamo pensando la stessa cosa. Grazie al cielo avevamo deciso di tornare a casa in quel momento.

«Però tu hai risposto e, be'... il resto lo sapete,» concluse.

«E il tetto?» chiesi, pensando a come l'avevo trovata accovacciata in un angolo vicino al comignolo di mattoni. Era un posto perfetto per nascondersi. Buio, e dal momento che la sua finestra si affacciava sul retro della casa, non sarebbe stata visibile dal vialetto. L'unico modo in cui quello stronzo avrebbe potuto vederla sarebbe stato se avesse fatto come me, se avesse infilato la testa fuori dalla finestra e aguzzato la vista verso sinistra.

«Meglio dell'armadio,» rispose Riley per lei.

Kady si limitò ad annuire contro il suo petto.

Il mio cellulare squillò ed io mi alzai, estraendolo dalla tasca. Dal momento che non era un numero del ranch, dovetti presumere che si trattasse di Archer. Per questo, andai in cucina così che Kady non mi sentisse.

«Sì,» risposi.

«Sono Archer. La tua ragazza sta bene?»

Mi passai una mano sul volto. Per quanto avessi voluto avere Kady in casa nostra più di qualunque altra cosa, avrei preferito non avercela per questo motivo.

«Così sembra. Da quel che ci ha raccontato finora, non ha mai visto il tizio.» Tenni la voce bassa quando sentii lei e Riley parlare. «Ci siamo assicurati che non vedesse il cadavere.»

Tutto ciò che sapeva era che qualcuno si era introdotto in casa e che noi eravamo arrivati a salvarla. Era già abbastanza. Non era un'ex militare e non era una poliziotta. Questa roba non succedeva nel suo mondo.

«Bene.» Sentii Archer sospirare. «Niente documenti sul

corpo, ma aveva un Ka-Bar infilato in un fodero alla caviglia.»

«Merda.» Era un cazzo di coltello di quelli seri e aveva avuto in mente di usarlo. E l'unica persona in casa era stata Kady.

«Nessuno dei miei uomini lo riconosce come uno del posto. Lo porteremo all'obitorio, gli prenderemo le impronte e vedremo cosa ne salta fuori.»

Sentii Kady gemere. Merda, non volevo che piangesse ancora. Non sarei riuscito a sopportarlo. Quelle lacrime erano come una coltellata al cuore. E il modo in cui si era aggrappata a me, come mi si era stretta addosso come una cazzo di scimmia, alla disperata ricerca di conforto. Dovevo sperare che Riley riuscisse a tranquillizzarla dal momento che io avevo fatto un pessimo lavoro se stava ricominciando a cedere. Mi spostai così da riuscire a vedere nell'altra stanza, per controllare come stesse. Ma Kady non stava piangendo. Tutt'altro. Era ancora in braccio a Riley, ma adesso era a cavalcioni su di lui. Una spallina della camicia da notte le era scivolata sul braccio e Riley le stava succhiando il capezzolo scoperto. Non potevo non notare anche dove si trovassero le sue mani. Sotto l'orlo della camicetta e tra le sue cosce. Lei gettò indietro la testa con un gemito e fece ondeggiare i fianchi.

Quello non me l'ero proprio aspettato. Affatto. Me l'ero immaginata in braccio a me mentre ci guardavamo un film, mentre la facevo sentire protetta e al sicuro. Non sessualmente soddisfatta.

«È di questo che hai bisogno?» chiese Riley, lanciando un'occhiata a Kady da sopra il suo seno. Riuscivo a vedere che il capezzolo esposto era duro e umido per via della sua bocca.

«Cord.»

Mi ci volle un attimo per rendermi conto che Archer

stava ancora parlando e che io non gli avevo prestato minimamente attenzione. «Sì,» replicai con voce roca. Il pene mi si era rizzato all'istante alla vista di Kady che si scopava le dita di Riley. Andava su e giù, ondeggiando i fianchi, i seni che sobbalzavano ad ogni movimento. E quella camicetta minuscola era più sexy di qualunque lingerie avessi mai visto.

«Ti terrò aggiornato,» disse Archer.

Io risposi con un verso gutturale e interruppi il contatto visivo quel tanto che bastava per terminare la chiamata. Lasciando cadere il cellulare sul bancone della cucina, ero pronto ad andare da loro, ma mi fermai. Ascoltai.

«Ecco. Fai svanire tutto. Sei al sicuro. Brava ragazza,» le diceva Riley come una litania, poi si chinò e le succhiò nuovamente il capezzolo, lasciandolo andare con un forte verso umido. Le rivolse un sorrisetto mentre lei lanciava un grido.

«Non è abbastanza,» annaspò lei, poi gemette mentre Riley si riappoggiava allo schienale.

Sentii il rumore metallico della fibbia della sua cintura, poi vidi le sue mani correre sui fianchi di Kady e tirarla verso il basso.

Lei gridò, spalancando gli occhi. Riley gemette nello stesso momento e seppi che le era entrato dentro fino in fondo. Non era stato delicato o lento. No, l'aveva penetrata tutta in una sola spinta. Ma il rumore che avevano fatto le sue dita quando l'aveva toccata prima aveva dimostrato che fosse bagnata. Non l'avrebbe presa se non fosse stata pronta.

Dimenandosi leggermente, capii che lei si stava abituando alla sensazione di essere riempita da un'erezione. Aveva i capelli aggrovigliati in una matassa scomposta sulla testa, e con la camicetta da notte che le era scivolata giù da una spalla e un seno scoperto, aveva un aspetto estremamente lascivo. Come se fosse stata una ragazza innocente e Riley stesse facendo un ottimo lavoro nel deflorarla.

Ma lui se la stava solamente scopando. Nella figa. Non era una cosa poi così sporca. Eppure c'erano così tante altre cose che le avremmo voluto fare, così tante cose sporche che magari *era* effettvamente innocente per certi versi.

A quel punto lui cominciò a farla muovere, guidandola su e giù con le mani sui suoi fianchi. I seni le ondeggiavano man mano che se la scopava più forte.

Guardarli era fottutamente eccitante. Dovetti slacciarmi i pantaloni, quel poco che bastava per estrarne il pene, lasciargli spazio per crescere perchè ad ogni sospiro di piacere, ad ogni singolo suono umido della sua vagina che si trangugiava l'erezione di Riley mi veniva solamente più duro.

Magari fu l'adrenalina o il fatto che fosse stata eccitata quanto noi, ma Riley la fece giungere al limite nel giro di un minuto. Aveva gli occhi velati dalla passione e quando io mi afferrai la base del pene e mi lasciai sfuggire un gemito, lei sollevo lo sguardo su di me.

Non si fermò. Non avrebbe potuto perchè Riley se la stava lavorando per bene. Sgranò gli occhi sorpresa nell'essere stata beccata, nello scoprire di essere stata osservata mentre si faceva scopare, ma ciò non fece altro che farla venire.

Piazzò le mani sulle spalle di Riley mentre chiudeva gli occhi e si irrigidiva. Urlò. Cazzo, aveva un viso bellissimo mentre veniva.

Mentre mi avvicinavo a loro, Riley gridò e seppi che stava trovando il proprio piacere perchè mi ricordavo della sensazione che avevo provato quando la sua piccola figa calda mi aveva spremuto il cazzo. Sapevo che quella morbida stretta gli stava tirando fuori ogni goccia di seme. Lo stava prosciugando. E senza nulla ad ostacolarli. Cazzo nudo contro figa calda e bagnata.

Mi spostai al solito posto sul tavolino da caffè. Questa volta, avevo l'erezione di fuori che puntava dritta verso di lei. Con la camicetta da notte intrappolata tra le dita di Riley, il suo bellissimo sedere era ben in vista. Aveva le ginocchia ben larghe attorno alla vita di Riley. Non potei non notare l'apertura rosea del suo ano ammiccarmi mentre finiva di venire. Lei lasciò cadere la testa contro il collo di Riley.

La mia erezione perdeva liquido preseminale dalla punta. Mi strinsi alla base per trattenermi; volevo infilarglielo tutto dentro la figa quando fosse stato il mio turno. E lo sarebbe stato molto presto.

Entrambi avevano il fiato corto e Kady aveva delle ciocche di capelli rossi che le si appiccicavano alle spalle e al collo sudato.

«Ti senti meglio?» chiese Riley, dandole un bacio sulla testa.

Lentamente, lei si sollevò e mi lanciò un'occhiata da sopra le spalle, assumendo una posa da pagina centrale di *Playboy*. Aveva il sedere sodo e sensuale che sporgeva verso l'alto, il seno scoperto pronto per essere toccato, il capezzolo ormai gonfio che supplicava di infilarsi nella mia bocca, la pelle arrossata e umida, lo sguardo velato da quell'espressione da buona scopata. Ed aveva ancora il pene di Riley tra le gambe.

«Scusami,» disse, distogliendo lo sguardo e tirandosi su la spallina.

Riley fece schioccare la lingua e gliela tirò nuovamente giù. «Mi piace così. Non puoi fare la timida adesso.»

«Ma non ho incluso te,» disse, alzando lo sguardo sul mio. «Non è... come tradirti?»

Io feci spallucce e le rivolsi un piccolo sorriso così che sapesse che non ce l'avevo con lei, nonostante stessi stringendo i bordi del tavolino da caffè così forte da far sbiancare le nocche mentre avevo il pene che mi penzolava fuori dai pantaloni. Non ero arrabbiato, bensì voglioso. «Sono un tipo possessivo, dolcezza, ma non con Riley.»

«Non ti prenderemo sempre insieme,» aggiunse lui, cercando di rassicurarla. «A volte ti voglio tutta per me. Voglio sapere che i tuoi orgasmi sono dovuti solamente a me.»

Quando lei fece cadere lo sguardo sul mio pene, guardando un altro flusso di liquido preseminale scivolarvi giù dalla punta, Riley le diede una piccola pacca sul sedere. «Va' ad occuparti di Cord, piccola. Ha bisogno di te.»

«È vero, dolcezza. Ho bisogno di te. Ho bisogno di sentirti, di sapere che stai bene.»

Forse era per quello che si era fatta una sveltina con Riley, per avere la certezza di essere ancora viva. Per provare un contatto con lui. E adesso era il mio turno.

Con l'aiuto di Riley, si alzò da lui, si voltò e si mise in piedi di fronte a me tra le mie gambe. Cazzo, era perfetta. Tutta sgualcita e sexy con il seme di Riley che le scorreva lungo la coscia, ben scopata e pronta a prenderne ancora. «Questa... cosa tra di noi. Non mi sono mai sentita così,» ammise. E non si stava riferendo al sesso.

Io non sollevai lo sguardo sul suo, ma le feci scorrere con venerazione le dita attorno al perimetro esterno del seno scoperto prendendo atto della chiara differenza tra noi due. Le mie dita rozze erano grandi e callose accanto alla sua pelle pallida e cremosa. Così morbida, così calda.

«Nemmeno io.»

«Neanch'io,» aggiunse Riley alle sue spalle. «O così in fretta.»

«Non abbiamo intenzione di lasciarti andare, dolcezza. Dopo questo, dopo averti quasi potuto perdere» - mi interruppi, ricacciando indietro l'ondata di rabbia e paura - «non esiste proprio che ti perdiamo più di vista.»

Lei mi rivolse il più piccolo dei cenni col capo e tanto

bastò. Ormai ero giunto al limite. Averla quasi vista morire, per poi guardarla mentre si faceva scopare a cavalcioni su Riley, avevo bisogno di entrarle dentro. Subito. Per cui mi alzai, mi chinai su di lei e me la caricai in spalla come un pompiere portandomela dritta in camera da letto, la mia erezione a farci strada.

$\mathcal{K}$ADY

Cord mi stava sopra mentre io ero sdraiata sul letto, con la sua mano accanto alla mia testa per sostenersi in modo da non schiacciarmi col suo peso. Ma il bacio... wow. Era tutto un calore e un desiderio. La sua lingua mi affondava nella bocca e sapevo che aveva tanta brama di avermi quanta ne sentivo io per lui.

Questa... cosa tra me, Riley e Cord non era una sveltina di una notte. Ci avevo riflettuto per un po' dopo quello che avevamo fatto sulla veranda perchè tutto sembrava gridare una botta e via. Be', due botte e via. Non ci eravamo nemmeno tolti tutti i vestiti. Io sì, ma loro si erano solamente slacciati i pantaloni quel tanto che bastava per tirar fuori i giusti arnesi. Basta così. Ancora non avevo visto Riley nudo, e lui mi aveva scopata due volte. Ero riuscita addirittura a malapena ad intravedere il suo pene. La prima volta mi aveva presa da dietro e adesso, sul divano, se l'era tirato fuori e mi ci aveva attirata su nel giro di un attimo.

Quando mi aveva stretta a sè mi ero sentita... irrequieta e bramosa. Il tizio che si era intrufolato in casa mi aveva spaventata quasi a morte e nel ripensarci mi era venuto da piangere, ma dopo che le lacrime si erano fermate, avevo ancora avuto bisogno di qualcosa. Riley l'aveva capito e aveva cominciato a toccarmi, poi mi aveva sollevata su di sè e mi aveva scopata tutto da solo. Dio, era stato eccitante. Molto eccitante. Mi ero bagnata per lui. Fradicia. Ed ero venuta in fretta. Fu come se l'incidente mi avesse preparata per l'orgasmo.

Ne avevo avuto bisogno. Tanto.

Era sembrato così anche per Riley, toccarmi, percepirmi, sentirmi, sapere che ero viva.

E adesso Cord.

«Non so se posso essere delicato,» mi mormorò contro le labbra. «Vorrei esserlo, ma sono troppo su di giri.»

Io piegai una gamba così da fargli scivolare il ginocchio su e giù lungo l'esterno coscia fino al fianco. «Credo tu abbia capito, ormai, che mi piace farlo con un po' di forza,» replicai. Sebbene non ci fosse una sola luce accesa nella camera, quella che proveniva dal corridoio mi permetteva di vederlo chiaramente. I suoi occhi scuri erano carichi di fuoco, la mascella e ogni muscolo del suo corpo erano tesi. Si stava trattenendo.

«Potrei farti male.»

Io scossi la testa, i capelli che scivolavano sul lenzuolo morbido alle mie spalle. «Non lo farai. Non è successo l'ultima volta.»

Lui gemette, abbassò la testa e mi catturò di nuovo le labbra. «Oh, cosa ho voglia di farti.»

«Cosa? Cos'è che vuoi fare?» gli chiesi, senza fiato.

Lui scese dal letto e si alzò, prendendo a camminare

avanti e indietro di fronte ad esso. Io mi spostai così da mettermi in ginocchio sul letto. «Cord.»

Lui mi guardò con espressione selvaggia. Quasi feroce. Il suo pene spuntava turgido dai pantaloni slacciati. Scura e spessa, una vena pulsante ne correva per tutta la lunghezza. La punta era ampia, a forma di fungo. Non riuscivo a credere che fosse riuscito a entrarmi dentro, ma ci era stato. Me ne ricordavo ogni singolo, lungo centimetro.

«Non ho paura di te,» gli sussurrai. O del suo pene enorme.

«Dovresti averne.»

«Sai cosa voglio io?» domandai, sentendomi un po' sfacciata.

Lui inarcò un sopracciglio scuro mentre si posava le mani sui fianchi.

«Voglio vederti. Tutto.»

In un attimo, si spogliò, togliendosi gli stivali con un colpo di piedi, sfilandosi i pantaloni, strappandosi i bottoni della camicia fino a rimanere completamente nudo e immenso di fronte a me.

«Wow.»

Aveva le spalle ampie e muscolose, la vita più sottile. Aveva i capezzoli e l'ombelico circondati da peli scuri che scendevano poi in una linea sottile dritti fino alla base del pene. Le gambe erano immense – una delle sue cosce aveva probabilmente le dimensioni della mia vita. Avrebbe potuto farmi male, o almeno qualcuno della sua stazza avrebbe potuto farlo, ma non Cord.

«Cos'altro vuoi?» mi chiese.

«Tocca a te,» risposi io.

«Voglio la tua camicetta da notte a terra.»

Io abbassai lo sguardo su di me. Mi ero dimenticata di avere un seno esposto. Avrei dovuto vergognarmi, o quantomeno sorprendermi della mia mancanza di pudore, ma non ci riuscivo. Non con lui. Nemmeno con Riley, specialmente dopo quello che avevo fatto con lui sul divano.

Afferrando l'orlo, la sollevai e me la sfilai dalla testa, lasciandola cadere a terra. Cord allungò una mano dietro di sè, premette l'interruttore così da accendere la lampada accanto al letto che emise una luce fioca nella stanza.

«Indossi sempre roba del genere a letto?» mi chiese.

«Camicie da notte?» domandai io.

Lui ripeté quel termine come se non lo avesse mai sentito nominare prima. Annuì brevemente.

«Sì.»

«Pensavo di volerti nuda a letto. Sempre. Ma adesso ci sto ripensando. Quella robina ti copre a malapena il sedere.»

«Mi fanno sentire... carina.»

«Dolcezza, tu sei bellissima a prescindere da cosa hai addosso. Se a te danno la sensazione di essere carina, a me lo fanno venire duro da matti. Puoi indossarle tutte le volte che vuoi. Tranne adesso. Adesso, ti voglio nuda. Niente a frapporsi tra di noi.»

Ero inginocchiata sul suo letto. Nuda. E il modo in cui il suo sguardo si accendeva, il modo in cui i suoi pugni gli si stringevano lungo i fianchi, mi facevano sentire bella.

«Riesco a vedere che Riley ti è stato dentro. Vedo i segni del suo seme su di te.»

Io abbassai lo sguardo, vidi il segno rosso sul seno che mi aveva lasciato la barba di Riley, vedevo e percepivo il suo seme sulle cosce. Me lo sentivo dentro, che mi colava fuori poco alla volta.

«Va... va bene?»

«Ti ho già detto di sì. È fottutamente eccitante. Ora sdraiati e allarga per bene quelle gambe. Voglio vederti. Tutta.»

Senza una parola, feci come voleva, mi sdraiai, piegai le ginocchia così da appoggiare i piedi sul letto.

«Di più.»

Obbedii.

«Ah, dolcezza, allargale di più.»

Allontanai di più i piedi finchè non potei andare oltre, fino ad essere indubbiamente e totalmente aperta per lui.

«Riley!» gridò Cord.

«Sì?» rispose lui dall'altra stanza.

«Portami il plug nuovo, ti va?»

Io guardai Cord accigliata, ma lui non distolse mai lo sguardo da me mentre parlava. Sogghignò. «Io e Riley abbiamo fatto un po' di shopping mentre eravamo ad Helena.»

Sentii i passi di Riley avvicinarsi e lo vidi sulla porta. Lanciò a Cord un pacchetto, mi fece l'occhiolino, poi disse, «Divertitevi,» prima di andarsene.

Cord strappò la carta e la lanciò sul comò prima di sollevare un... oh. E una bottiglia di... oh.

«Ti hanno mai messo un plug prima d'ora?»

Scossi la testa.

«Credo che ti piacerà. Ma dopo. Adesso devo entrarti dentro.»

Il mio sguardo cadde sul suo pene. Era scuro, di un rosso vivo, ed era grande. Ridicolmente grande. E lungo. Riley non era piccolo, per niente, ma non l'avevo visto prima che mi penetrasse.

Fissando Cord, non fui certa di come ci fosse entrato la prima volta.

«Guardami così ancora per un po' e finirò col venire subito.»

Incrociai il suo sguardo e vidi che era al limite.

Praticamente mi saltò addosso, piazzando le mani ai lati della mia testa per sostenersi. Sentii la sua erezione spingersi contro la mia vagina. Dal momento che ero ben aperta, non dovette fare altro che spostare leggermente i fianchi e mi fu dentro.

«Ah!» annaspai.

Perfino dopo essere già venuta una volta ed essermi fatta scopare prima da Riley, Cord mi riempiva all'inverosimile. Mi ero già bagnata prima per Riley, e adesso il suo seme facilitava ancora di più le cose.

I miei muscoli interni si contrassero, cercando di abituarsi all'idea di venire allargati così tanto, di essere riempita fino così in fondo.

«Non muoverti,» ringhiò Cord, premendomi la bocca contro il collo.

Io mi immobilizzai, praticamente trattenni il fiato.

«Ho detto non muoverti.»

«Non sto-»

«La tua figa mi sta spremendo e-agh,» gemette. Sentii i suoi fianchi spingere più a fondo mentre veniva. Il suo ringhio gli fece vibrare il petto.

Io restai sdraiata lì, sotto di lui che veniva. Mi era entrato dentro, mi aveva riempita, era rimasto immobile, ed era venuto.

Aveva il fiato corto e il sudore che gli colava dalle tempie.

«Stai bene?» sussurrai.

«Dolcezza, sei troppo perfetta, cazzo. Il mio uccello ti voleva troppo. Sei troppo stretta. Troppo figa. Troppo bagnata. Cazzo, ti riempio tutta. Non potevo fare nulla per trattenermi.»

«Va bene così.»

Lui sollevò la testa e mi guardò. «È decisamente troppo bello sentirti. La buona notizia è che abbiamo levato di torno la prima sveltina. Ora possiamo farlo tutta la notte.»

Mi resi conto che non si era ammosciato come avrebbe fatto chiunque. Quando si ritrasse, trasalii. Lui sogghignò.

«Va bene?»

Annuii.

«Non abbiamo nemmeno ancora iniziato. E con tutto quel seme a facilitarmi l'ingresso in quella tua figa stretta-»

Il resto delle sue parole fu coperto dal mio gemito. Sì, era bellissimo. Fantastico.

«Verrai per me, poi ti farò girare, ti metterò a quattro zampe. Farò le cose con calma e ti infilerò quel plug. Poi ti scoperò. Adorerai sentirti così piena.»

A quel punto cominciò a muoversi. Qualunque pensiero, qualunque preoccupazione sul suo infilarmi dentro un plug anale venne presto dimenticato. Così come il mio nome. Dove fossi. Tutto. E per quanto riguardava il fatto se Cord avesse abbastanza resistenza da durare tutta la notte? Sì, non aveva mentito.

$\mathcal{R}$ILEY

«Ehi, piccola,» dissi quando Kady entrò in cucina. Indossava una delle mie camicie, con le maniche arrotolate. Era abbastanza grande da arrivarle a metà coscia. Mi ricordava quel vestitino a camicetta che aveva indossato il giorno prima, ma questo era molto meglio. Cord doveva avergliela data perchè una delle sue le sarebbe stata decisamente troppo grande.

«Buongiorno,» rispose lei. Aveva i capelli scompigliati e ingarbugliati e sembrava ben riposata considerando che avevano scopato per metà della nottata. Diamine, scopato per bene. Io ero andato a letto e li avevo sentiti. Mi ero dovuto fare una sega perchè i suoi gemiti e le sue suppliche me l'avevano fatto tornare duro, nonostante me la fossi scopata anch'io solamente poco prima. Avrei potuto unirmi a loro, ma volevo che Cord stesse con lei. Poteva essere un gran pezzo di merda, ma aveva affrontato tanto di quello schifo che si meritava un po' di dolcezza. Se avere Kady nel suo letto, sotto di lui e tutta per sè avrebbe alleviato la sua rabbia e il suo stress, allora non lo avrei fermato.

Non ero un avido bastardo, ma vederla così adesso, tutta rilassata e decisamente ben scopata, avrei voluto gettarmela in spalle e portarmela in camera mia.

Invece le chiesi, «Caffè?»

«Dio, sì.»

Sorrisi e presi una tazza, gliene versai un po' dalla caffettiera e gliela porsi. «Sei dipendente, eh?»

«Grazie.» Lei sospirò, come se il solo sentirne l'aroma le avesse dato la dose di caffeina di cui aveva bisogno. «Non faccio due chiacchiere la mattina finchè non me ne sono bevuta almeno una tazza.»

«Me ne ricorderò.» Mi allontanai, sentendo l'acqua della doccia scorrere in fondo al corridoio, lasciandola al suo caffè. Andai al sacchetto pieno di articoli che avevamo acquistato al sexy shop ad Helena e presi un altro plug. Quello che avevo dato a Cord la sera prima era in silicone e molto sottile. Uno per principianti tanto per divertirsi. Anche questo era piccolo, ma era di acciaio inossidabile con un brillante verde alla base. Si sarebbe abbinato alla perfezione ai suoi occhi e sarebbe stato una favola a dividerle quelle bellissime chiappe sode.

Quando lei ebbe posato la tazza, immaginai fosse sicuro parlarle. «Ti sei divertita con Cord ieri sera?»

Lei arrossì e distolse lo sguardo. «Sì,» rispose.

«Ah, piccola, non c'è da vergognarsi di quello che facciamo insieme. Posso non essere stato nella stessa stanza insieme a voi, ma ho sentito tutto.»

Lei riprese in mano la tazza e vi nascose dentro il viso mentre beveva un altro sorso.

Mi era chiaro che non avesse intenzione di rispondere,

per cui proseguii. «Ti è piaciuto il plug anale? Era una bella sensazione?»

Tutto ciò che fece lei fu roteare gli occhi e arrossire ulteriormente. Bevve un altro sorso. Io sorrisi perchè prima o poi il caffè sarebbe finito.

«Cord ti aveva detto che ti avremmo scopata in quell'apertura vergine, no?»

Lei si voltò di scatto dall'altra parte e posò la tazza, con le guance rossissime. «Perchè ne stiamo parlando adesso?»

«Perchè il solo vederti con indosso la mia camicia me lo fa venire duro.»

Lei mi lanciò un'occhiata da sopra le spalle e vide il modo in cui il pene mi aveva creato un rigonfiamento nei pantaloni del pigiama.

«Ero pronto a scoparti già non appena mi sei scesa dalle gambe ieri sera,» ammisi. «E adesso, sapendo che quella figa è bella piena del nostro seme... mmm.» Non c'erano parole per descrivere ciò che stavo pensando. Non ero timido, per cui le chiesi, «Indosseresti una cosa per me?»

Lei si accigliò. «A parte la tua camicia?»

Risi. «Adoro vederti con la mia camicia, cazzo.» Sollevai il plug.

Lei si accigliò ulteriormente, venne da me e me lo prese dalle dita. «È un... un-»

«Plug anale.»

«Ha un brillante.»

«Esatto.»

«Perchè?» Il suo sguardo si spostò dal plug a me e viceversa.

«Così che ogni volta che lo indossi, posso sollevarti il tuo bel vestitino e vederlo. Sapere che ti riempie e pensare a cos'altro andrà presto ad infilarsi lì dentro.»

Lei spalancò la bocca.

«Chinati sul bancone, piccola.»

VANESSA VALE

«Cosa, adesso? Qui?»

Annuii. «Qui.»

«Non è molto igienico.»

Io risi. «Metti le mani sul bancone, Kady, e mettimi in mostra quel tuo bel culetto.» Quando non si mosse, aggiunsi, «Se fai la brava, ti darò un premio.»

Lei sollevò leggermente un angolo della bocca, rendendosi conto che stavo facendo il prepotente, ma che stavo anche scherzando. L'avevamo sempre e solo fatta stare bene. Era venuta più volte lei che me e Cord messi insieme. E raddoppiati. A giudicare da quel che avevo sentito dalla camera da letto di Cord, le piacevano i giochi anali. Era solo troppo timida per ammetterlo alla luce del giorno e dentro la cucina.

«E se non facessi la brava?» mi chiese, inarcando un sopracciglio rosso con aria interrogativa.

Non potei fare a meno di sogghignare. «Allora ti sculaccerò fino a farti venire il sedere rosso per poi infilarci dentro quel plug. Avrà un aspetto delizioso quando lo faremo vedere a Cord.»

Quella minaccia la fece smuovere. Si voltò e mise le mani sul ripiano di granito, chinandosi in avanti. Non abbastanza, ma l'avrei aiutata io. Facendole passare un braccio attorno alla vita, la tirai indietro, facendole abbassare la parte inferiore del corpo e costringendola a stendere le gambe così che si trovasse piegata a novanta. Aveva il sedere in fuori e, con un gesto deciso della mano, le sollevai l'orlo della mia camicia fino in vita.

Niente mutandine.

Una figa stupenda. Le feci scorrere le dita sulle labbra lucide, facendogliene scivolare uno dentro con delicatezza. Ci aveva scopati entrambi la sera prima per cui, nel caso fosse stata indolenzita, non avrei voluto farle del male. Gemetti.

«Proprio come avevo immaginato, riesco a sentire tutto il nostro seme. È ben in fondo qui dentro.» Estrassi il dito e glielo feci scorrere lungo l'interno coscia, prima su una e poi sull'altra. «E si è asciugato qui. Ti abbiamo marchiata come nostra proprietà, vero, piccola?»

Lei si abbassò sugli avambracci, annuendo.

Afferrando il lubrificante, ne aprii il tappo e ne feci colare un po' sulla punta assottigliata del plug. Posizionandolo contro la sua apertura, le permisi di adattarsi a quella sensazione dura e fredda prima di cominciare a farlo entrare.

«Inspira, espira. Proprio come hai fatto con Cord l'altra sera. Brava ragazza.»

Lei irrigidì la schiena mentre le scivolava dentro, aprendola fino al limite prima di sistemarsi al suo posto. Il brillante verde splendeva alla luce del giorno ed era perfetto a vedersi.

«Bellissimo,» dissi. «Ora ecco il tuo premio.»

Le feci scivolare di nuovo dentro le dita, ormai già bagnate del seme che aveva nella vagina. Riuscivo a sentire la forma solida del plug attraverso il sottile strato divisorio di pelle e Kady era più stretta che mai.

«È stata questa la sensazione che hai provato quando Cord ti ha scopata? Il suo pene è molto più grande delle mie dita. Deve averti riempito oltre ogni limite.»

«Oh sì. Le è piaciuto da morire,» disse Cord mentre entrava in cucina. Indossava un paio di jeans e una maglia a camicia, i piedi scalzi e i capelli umidi.

Kady si irrigidì, ma una mano sulla schiena la tenne al suo posto.

«Ti è piaciuto, piccola?» le chiesi, trovando la piccola protuberanza del suo punto G e premendoci sopra le dita.

«Sì!» urlò lei, lasciando cadere di colpo la testa per posarla sulle braccia.

«Adoro vederti quel plug dentro, dolcezza.»

«Ha fatto la brava ed è ora di farla venire,» dissi io.

Sentii una macchina accostare davanti a casa, gli pneumatici che stridevano sul vialetto di ghiaia, e Kady sollevò la testa.

«È Archer. Mi ha mandato un messaggio dicendo che sarebbe passato,» disse Cord.

Sapevo che Kady era a un passo dal venire. Non le avrei negato quel piacere solo perchè era arrivato Archer. Aveva la figa che mi gocciolava sulle dita. Interessante. Dovetti chiedermi se essere vista la eccitasse. Non che volessi scoprirlo, ma avrei potuto farle credere che sarebbe successo. Testare la mia ipotesi.

Mi chinai su di lei, mormorando, «Vieni, piccola, fallo per me. Vieni per bene altrimenti Cord farà entrare Archer e lui ti vedrà così. Piegata a novanta, che ti scopi le mie dita con un bel brillante che ti spunta dal culo.»

Lei gemette, stringendosi attorno alle mie dita.

Cord si accigliò, ma io accennai a lei con la testa. Gli si accese lo sguardo quando capì.

«Non fare troppo rumore, dolcezza, altrimenti potrebbe sentirti una volta arrivato alla porta.»

Lei emise un lamento ed io curvai di più le dita, trovando il suo clitoride tutto duro e gonfio, e invece di fare piano, glielo pizzicai. Non troppo forte, ma quel che bastava. Sembrava piacerle un po' di brutalità e aveva bisogno di venire.

Non mi deluse e i suoi muscoli interni mi si contrassero attorno alle dita mentre dalle sue labbra sfuggiva un basso piagnucolio di passione.

Cord si premette il palmo della mano contro il pene mentre guardava la nostra ragazza venire.

Lei si accasciò sul bancone una volta finito ed io estrassi le dita, andando a lavarmele nel lavandino mentre Cord le accarezzava la schiena. «Brava ragazza,» le canticchiò all'orecchio. «Sei così bella quando vieni per noi.»

Suonò il campanello ed io mi asciugai le mani su uno strofinaccio, lo gettai sul bancone e andai ad aprire allo sceriffo.

Non potevo fare nulla riguardo alla mia erezione, ma sapevo che l'argomento della conversazione me l'avrebbe ammazzata presto.

Lanciando un'occhiata alle mie spalle, vidi Cord passare un braccio attorno a Kady e ravviarle i capelli dietro le orecchie. Avrei concesso loro un minuto per dare modo a Kady di non avere l'aspetto di una che era appena stata scopata con le dita, ma sarebbe stato piuttosto difficile. Mi riempiva di orgoglio virile vedere quanto facilmente potessi ridurla in quello stato.

Feci entrare Archer. Sebbene non indossasse l'uniforme, aveva una di quelle cinture piene di roba utile stile Batman con attaccate manette, una pistola e un walkie-talkie. «Lunga nottata,» dissi. «Lascia che ti porti del caffè.»

«Grazie.» Si tolse il cappello e mi seguì verso la cucina. Vedendo Cord e Kady, si fermò dal lato della penisola che dava sul salotto. «Buongiorno. Kady, non abbiamo avuto modo di presentarci ieri sera. Sono Archer, lo sceriffo della Contea di Barlow.»

Kady gli rivolse un breve saluto dall'altra parte della penisola, con Cord alle sue spalle. Lui teneva una mano sul bancone accanto a lei, bloccandola sul posto. Passai una tazza di caffè nero ad Archer e lui prese posto su uno degli sgabelli alti.

«È un piacere conoscerla.»

Archer era nato e cresciuto a Barlow. Era entrato nella nostra scuola un anno dopo me e Cord, era andato al college statale ed era tornato dritto a casa una volta terminati gli studi.

Sebbene sapessi che non era un monaco, raramente lo vedevo con una donna. L'avevo visto abbastanza spesso con Sutton da spere che condividevano le stesse... tendenze, e non mi avrebbe sorpreso affatto se si fossero trovati una donna insieme. A me non importava affatto finchè non si fosse trattato di Kady. A giudicare dal modo in cui la stava fissando con intensità professionale, non c'era molto di che preoccuparmi. Avevamo reso piuttosto chiara la nostra posizione nei suoi confronti.

Archer non aveva nulla a che fare con lo Steele Ranch, a parte il fatto che la proprietà si trovasse nei confini sotto la sua sorveglianza. Vi era già stato, per essere precisi il giorno in cui il corpo di Aiden Steele era stato ritrovato e lui aveva dovuto portarlo all'obitorio.

«Un bel modo di presentarti qui dalle nostre parti. Ho sentito dire che sei di Philadelphia.»

«Esatto,» rispose lei.

Sebbene avesse indosso solamente la mia camicia, il plaid scuro le nascondeva bene la forma dei seni nudi. Essendo seduto, Archer non avrebbe potuto vedere che non indossava nient'altro sotto. Non che probabilmente già non lo sapesse.

«Sei qui solo da qualche giorno.»

«Due.»

«Non abbastanza da farti dei nemici che possano volerti fare del male?»

Lei emise una risata sterile. «Ho conosciuto Jamison e Sutton. Sono sempre stata con Cord e Riley tranne che per dormire e quando sono andata in paese ieri. Ho comprato degli abiti al negozio western.»

«Hai conosciuto Betty allora.»

«Deve avere quasi settant'anni. Non può pensare che abbia qualcosa a che vedere con questa storia.»

Archer non lo pensava affatto. Betty non avrebbe fatto del male a nessuno. Stava solamente addolcendo la pillola a Kady prima di arrivare alle domande difficili.

«Uno dei miei uomini ha trovato un'auto abbandonata ferma appena dopo l'incrocio che porta al ranch. Nessuno di noi l'avrebbe vista dal momento che siamo tutti andati e venuti dal paese tranne lui che vive da quella parte. Abbiamo trovato il documento d'identità di quello str- di quel tizio. Il dipartimento dei trasporti del New Jersey lo elenca come un certo Dwight Sampers. Mai sentito nominare?»

«New Jersey?» Kady si leccò le labbra, posando le mani sul bancone.

«Camden.»

«È appena fuori Philadelphia.» Fece una pausa, afferrò il salino di vetro e ci giocherellò. Non credo si fosse nemmeno resa conto di averlo preso. «Mi state dicendo che questa persona mi ha seguita fino a qui? Perchè?»

«Non lo so, ma stiamo cercando di scoprirlo. Per adesso sarebbe meglio non restare da sola, smettere di dormire al ranch, anche se, guardando i tuoi uomini, direi che questo non sarà un problema.»

Io scossi la testa. Cazzo, no. Non sarebbe mai più stata da sola, nemmeno nella stanza accanto.

«So che il ranch è mio, almeno in parte. È bellissimo, ma ad essere onesti, quel posto mi spaventa.»

Cord si spostò così da poterla guardare negli occhi. La prese per il mento e glielo sollevò. «Perchè? Che altro è successo?»

Lei scosse la testa, sfuggendo alla sua presa. «Niente. Ho vissuto a casa mia, la casa dei miei genitori, fin da quando si sono sposati. Avevo due anni, quindi praticamente per tutta la mia vita. C'erano dei vicini. Avevo gente attorno. Il ranch è bellissimo, ma non mi piace starci da sola. E dopo la scorsa notte... Magari ad una delle mie sorellastre piacerebbe di più.»

Voleva dire che voleva tornare a Philadelphia? Che perfino Barlow le stava troppo stretta?

Archer ascoltava con la silenziosa attenzione di uno sceriffo esperto. Capiva cose da ciò che la gente non diceva, dalle loro reazioni, tanto quanto dalle parole. «Posso capire. Barlow potrebbe non essere una grande città, ma il mio vicino ieri mi ha detto che l'insegnante di prima media ha sposato una donna di Iowa e si è trasferito là. Immagino che questa nuova moglie volesse vivere vicina alla sua famiglia. Per cui c'è un posto libero a scuola.» Archer rivolse un'occhiata eloquente a Kady. «Si è sparsa la voce che tu sia un'insegnante, per cui immagino che potresti prendere quel posto se fossi interessata. Dovresti vivere in città, però. È un bel pezzo di strada dal ranch, specialmente durante l'inverno, per arrivare a scuola tutti i giorni.»

Dovevo ad Archer una birra. Anzi, una bella confezione da sei. Cazzo, magari pure un fusto. Le stava dando una ragione per restare. Una ragione che non aveva nulla a che vedere col ranch. O con noi. Sarebbe stato solo ed esclusivamente per lei.

«Wow, um. Sta cercando di tenermi qui?»

Archer fece spallucce. «Hai un lavoro, una vita da dove sei venuta. La maggior parte delle persone non si trasferisce in un paesino come Barlow per capriccio o senza un lavoro pronto. Ho solo pensato che questo avrebbe potuto aiutarti a prendere una decisione.»

Kady sembrava pensierosa, come se stesse prendendo in considerazione l'idea. Io e Cord volevamo che restasse. Ci *aspettavamo* che lo facesse semplicemente per via del nostro amore per lei. Sì, amore. Ma non sarebbe bastato. Non poteva starsene semplicemente seduta in casa tutto il giorno mentre noi ce ne andavamo a lavoro. Poteva anche essere una milionaria, adesso, e non aver bisogno di lavorare, ma avrebbe voluto farlo. Ne avrebbe avuto *bisogno*. Era semplicemente nella sua natura. «Okay.»

Archer si alzò e si mise il cappello. «Hai qualcosa a cui pensare. Immagino che ti troverò qui?» le chiese.

«Sì,» rispondemmo io e Cord all'unisono.

«Mi farò sentire,» sogghignò Archer, e se ne andò. Non lo accompagnammo alla porta.

Kady si voltò di scatto, appoggiandosi al bancone. «Perchè qualcuno sta cercando di uccidermi?»

Nessuno di noi due le rispose, perchè cosa avremmo potuto dirle? Per quanto mi sembrasse ormai che la mia vita si basasse sui giorni Dopo-Kady, la conoscevamo da pochissimo tempo. Folle, considerando la profondità dei miei sentimenti per lei. Sapevo che Cord provava la stessa cosa. C'era così tanto che non conoscevamo gli uni dell'altra, ed io avevo dato per scontato che avremmo avuto il resto delle nostre vite per conoscerci bene. Ma sembrava che un bastardo ormai defunto avrebbe potuto cambiare le cose. Lanciai un'occhiata a Cord, poi a Kady, e dissi l'unica cosa che potevo. «Lasceremo fare ad Archer il suo lavoro.»

Lei si accilgliò, sollevando lo sguardo su di me. «Cosa dovrei fare io, allora? Nascondermi?»

«Non abbiamo intenzione di mollarti, dolcezza, per cui niente nascondersi. Ti terremo noi al sicuro. Fidati di me, non ti succederà nulla.» Il tono di voce di Cord e tutto il suo aspetto rendevano le sue parole credibili. Doveva sentirsi al sicuro con lui – un veterano delle dimensioni di una Sequoia – al suo fianco. E sebbene io non avessi il suo stesso addestramento, o la stessa stazza, nessuno avrebbe scherzato con la nostra donna.

«Cosa vorresti fare?» le dissi. «Farti una doccia e poi farti scopare dai tuoi uomini.»

Lei spalancò la bocca. «A proposito, non riesco a credere che mi abbiate permesso di fare conversazione con lo sceriffo con un plug nel mio... nel mio, dentro!» Si mise le mani sui fianchi e assunse una posa sfacciata e perfetta.

Cord sogghignò. «Eravamo gli unici a saperlo ed io ho un'erezione che lo prova. Vieni, vediamo di lavarti per bene così poi possiamo sporcarti di nuovo.»

Lei arrossì. «Sono un po' indolenzita.»

Senza dubbio, visto che era stata scopata da entrambi per due giorni di fila e tutta la notte da Cord. Ma il solo pensiero di essercela lavorata tanto per bene mi fece prudere i testicoli.

Cord le ravviò i capelli ribelli dietro all'orecchio. «Non preoccuparti, dolcezza, non stavamo pensando alla tua figa.»

Ci vollero due secondi, ma poi capì le intenzioni di Cord. «Non potreste. Vero?»

«Hai quel bellissimo plug inserito, che ti prepara e ti allarga per bene per noi.»

«Non potete starci entrambi,» controbatté lei.

Adoravo quella sua innocenza, e mostrarle tutti i modi divertenti in cui ci saremmo potuti dare piacere a vicenda. Le battei un dito sulle labbra. «Io posso benissimo stare qui dentro.»

Lei spalancò la bocca sorpresa, la sua mente che si concentrava sul fatto che stessimo pianificando di fare irruzione nel suo ano vergine e scoparle la bocca allo stesso tempo. Io le feci scivolare la punta del dito tra le labbra e lei mi ci passò sopra la lingua. Gemetti.

Quando tolsi il dito, lei disse. «Un plug va bene. Mi... piace, ma non credo che... Non sono pronta ad avere più di quello. *Lì.*»

Annuii. «Okay. Allora giocheremo soltanto fino a farti venire.»

Non avevamo intenzione di spingerla a fare qualcosa per cui non si sentisse a suo agio. Era stata abbastanza coraggiosa da accettare un plug anale, la sera prima con Cord e quella mattina. Altro ancora sarebbe venuto più avanti. Fino ad allora-

«Prima doccia, poi giochi,» disse Cord.

Voltò Kady in direzione della doccia e le diede una leggera pacca sul sedere.

«Qualcuno ha cercato di uccidermi la scorsa notte e voi volete giocare?»

«Sissignora,» risposi io, cercando di tenere un tono di voce spensierato. Aveva completamente ragione. Era una follia. Ridicolo. Ma non avevamo intenzione di starcene seduti a far niente. Perchè avremmo dovuto quando eravamo tutti eccitati da far schifo?

«Non riesco a camminare con questo coso dentro,» borbottò lei.

Io le sollevai l'orlo della mia camicia e vidi il brillante verde luccicarle tra le natiche.

«Prova e vedrai,» disse Cord, chiaramente impaziente di vederglielo fare.

Aspettammo che lei si muovesse, perchè avrebbe significato che lo voleva, che voleva giocare con noi. Era un rischio parlare di scoparsela in un momento del genere, ma non potevamo fare altro che tenerla al sicuro. E darle qualcos'altro a cui pensare per distrarla. E il modo migliore per farlo era non farla pensare proprio.

Avevamo tutti bisogno di una distrazione e una bella sveltina avrebbe proprio fatto al caso nostro.

Lei si avviò in direzione del bagno, dapprima lentamente e con prudenza. La seguimmo.

«Solleva l'orlo della camicia, dolcezza. Facci vedere quel bel culo.»

Lei si fermò, ci lanciò un'occhiata da sopra la spalla, forse per vedere se facessimo sul serio. Io mi tenevo una mano sull'uccello da sopra i pantaloni del pigiama, cercando di alleviare la pressione, e Cord si stava sbottonando i jeans. Dopo qualche istante, fece come le aveva chiesto Cord, sollevando l'orlo della mia camicia fino in vita.

Con un sorrisetto malizioso, riprese a camminare, le curve sexy del suo sedere che ondeggiavano ad ogni passo, con quella piccola gemma al centro.

«Un giorno non molto lontano, dolcezza, quel culo *sarà* nostro,» promise Cord, seguendola con l'uccello ad aprire la strada.

Poteva essere lei quella che si faceva scopare, ma io e Cord eravamo fottuti. Totalmente, completamente fottuti. La nostra piccola insegnante sexy non era poi così semplice, dopotutto. E non avremmo voluto niente di diverso.

$\mathcal{K}$ADY

«Kady!» urlò Beth quando risposi al cellulare.

Erano passate quasi ventiquattr'ore da quando Archer era venuto a raccontarci quei pochi dettagli riguardanti l'uomo morto. Da allora non avevamo più saputo nulla. E per quanto il sesso con Cord e Riley fosse spettacolare, avevamo bisogno di uscire di casa. Inoltre la mia vagina aveva bisogno di una pausa. Riley aveva suggerito una cavalcata. Non era stato il mio primo pensiero. A dirla tutta, era probabilmente l'ultima cosa che la mia vagina avrebbe voluto fare, ma quando pensai a come loro due avrebbero potuto migliorare le cose, magari con la loro bocca, mi trovai d'accordo. Avevo imparato che erano molto, *molto* abili con la lingua.

E poi, mi resi conto che avrei visto quegli uomini a cavallo. Il solo immaginarmeli mi faceva saltare le ovaie di gioia. Lo dovevo alle donne di tutto il mondo di sbavare su due cowboy nel loro habitat naturale.

Eravamo appena usciti dalla porta d'ingresso per dirigerci allo Steele Ranch poichè sembrava fossi l'orgogliosa proprietaria – una delle cinque – di un'intera mandria di cavalli. Cord stava chiudendo a chiave la porta quando squillò il cellulare.

«Ciao, Beth, come stai?»

Entrambi gli uomini si girarono a guardarmi quando pronunciai il nome di mia sorella. Il sopracciglio biondo di Riley si inarcò. Io mi sedetti sulla scalinata d'ingresso mentre loro si avviavano verso il grande furgone di Riley. Vi si appoggiarono contro mentre parlavano a bassa voce tra di loro, tenendo lo sguardo fisso su di me. Potevo solamente immaginare cosa stessero dicendo.

Forse aveva qualcosa a che fare col fatto che avessi indosso dei jeans invece del mio solito vestitino. Per loro, i pantaloni, gli stivali nuovi e una delle mie vecchie t-shiirt erano un bel cambiamento. Jamison aveva chiamato la vecchia governante degli Steele, la signora Potts, affinchè andasse ad aiutare a sistemare la casa principale dopo il caos creato dal rapinatore. Lei mi aveva preparato un completo da indossare – dal momento che Jamison sapeva che me n'ero andata con indosso solamente una camicetta da notte – e me l'aveva portato. Io ero stata grata di quei vestiti – e delle mutandine – perchè la camicia da notte era l'unica cosa che avevo.

«Non ci crederai mai.»

Stava parlando in fretta – troppo in fretta, per quanto con un'emozione che non le sentivo da tempo nella voce.

«Cosa?»

«Mi sono sposata!»

Al mio cervello ci volle qualche istante più del solito per elaborare quelle parole. «Sposata? Io...um. Chi? Come? Quando?»

Lei rise. «Due giorni fa. Si chiama David e ci siamo sposati al palazzo di giustizia.»

«Due giorni fa?» chiesi, sconvolta. Voleva dire che quando mi aveva chiamata al ristorante si era appena sposata e non me lo aveva detto? Tuttavia, ce l'aveva avuta così a morte con me per il fatto di trovarsi in riabilitazione quando io ero in vacanza a spendere tutta la mia nuova eredità. «Il palazzo di giustizia? Come hai fatto se sei in riabilitazione?»

«Non sono in riabilitazione, sciocchina. Hanno detto che non ho più bisogno di rimanere lì. Che sto molto meglio.»

Molto meglio.

Nessuno stava *molto meglio* subito dopo una dipendenza da droghe. Poteva smettere di usarle, ma sarebbe sempre stato dipendente. Quella cosa non svaniva mai. «Sei in riabilitazione da soli due mesi. Sei sicura che-»

«Sarai mai felice per me? Mi è successo qualcosa di straordinario e tu hai intenzione solamente di rovinarmelo come sempre.»

Eccola la Beth che conoscevo. Cattiva, vendicativa. Crudele.

Trassi un respiro profondo e lo lasciai andare. «Raccontami di David. Come vi siete conosciuti?»

Avevo un milione di altre domande, ma scelsi quelle che non mi avrebbero portato su un campo minato. Beth era passata dall'essere felice all'allarme bianco in un battito di ciglia.

«Ci siamo conosciuti alla New Beginnings. È bellissimo. Lo adorerai. Gli ho detto tutto di te.»

«Okay, wow. Sembra ottimo,» risposi. Non sembrava affatto ottimo. Si erano conosciuti alla New Beginnings? Lavorava lì? Era un paziente? Nessuna delle due opzioni mi andava a genio.

Sentii una voce in sottofondo e Beth disse qualcosa, per quanto soffocato. «Devo andare. David ti saluta.»

«Se non sei in riabilitazione, dove vi trovate?»

Invece di rispondermi, lei disse solamente, «Ciao, Kady!»

La linea si interruppe ed io mi lasciai cadere il cellulare in grembo, fissandolo.

Beth era uscita dalla riabilitazione e si era sposata. Guardai Cord e Riley.

«Va tutto bene?» chiese Riley.

«Sì, datemi soltanto un minuto.»

Scorsi la lista dei contatti sul cellulare e trovai il numero del centro di riabilitazione.

«New Beginnings.»

«Posso parlare col supervisore di turno, per favore?»

«Solo un attimo.»

Partì della musica su un disco registrato mentre Riley si avvicinava a me e mi si sedeva accanto. «Che succede?»

«Mia sorella. Non è più in riabilitazione. E si è sposata.»

«Sono la Dr. Shemanski.»

Mi presentai alla donna che mi aveva risposto e le ricordai che ci eravamo conosciute durante il check-in iniziale di Beth. «Ho appena parlato con mia sorella, Beth, e mi ha detto che non c'era più bisogno che restasse lì.»

«Signorina Parks, sto aprendo la cartella di sua sorella.» Ci fu una pausa. «Interessante.»

«Cosa?» chiesi.

«Nella sua cartella non viene menzionato il suo nome tra i contatti. Mi ricordo di lei, naturalmente, e so che era attivamente coinvolta nei progressi di sua sorella, e in quanto persona economicamente responsabile delle sue cure. Era in elenco per le chiamate di emergenza o gli aggiornamenti.»

«Ma non adesso?»

«Esattamente. Non sono sicura del perchè, a meno che non l'abbia fatta togliere sua sorella.»

«Dunque è stata rilasciata? Pensavo avesse bisogno di tutti e quattro i mesi di terapia.»

«È vero. Ma è uscita da sola.»

«È uscita da sola,» ripetei, non solo per me, ma anche per Riley.

Cord venne a mettersi di fronte a noi, poggiando un piede sui gradini e chinandosi verso di noi.

«Metti il vivavoce,» mi disse Riley.

Io armeggiai con il telefono e lo tenni sollevato tra di noi.

«Come sa bene, non possiamo trattenere un paziente nella nostra clinica. Se Beth voleva andarsene, aveva la facoltà di farlo. E, be', l'ha fatto.»

«Sapeva che si è sposata?» chiesi. Cord inarcò le sopracciglia.

La Dr. Shemanski si schiarì la gola. Mi ricordavo che fosse una donna tranquilla, severa per via del tipo di pazienti con cui aveva a che fare, ma gentile. «No, non ne ero al corrente.»

«Ha detto che si chiama David.»

Ci fu una pausa ed io lanciai un'occhiata a Cord e Riley. «Kady, David Briggs è stato un paziente insieme a lei finchè qualche giorno fa non è uscito anche lui.»

«Nello stesso momento?»

Sentii un ticchettio su una tastiera. «No, il giorno prima di Beth.»

«Cosa può dirmi su di lui?»

«Non posso rivelare molto per via del rapporto confidenziale tra medico e paziente, ma ha la stessa età di sua sorella. Hanno partecipato a qualche gruppo insieme.»

«Cosa *può* dirmi?»

«Molto probabilmente sua sorella tornerà ad assumere droghe.»

Stava solamente constatando i fatti; fatti che già conoscevo. Accasciai le spalle e Riley mi circondò con un braccio.

«Basandomi sulla nostra telefonata, l'ha già fatto,» le dissi. «Riconosco la voce di mia sorella quando è drogata.»

«Mi spiace sentirglielo dire. Sfortunatamente, non c'è molto che possa fare per lei a meno che non torni qui. Se mi ridà il suo numero, lo inserisco nuovamente nella cartella, ma lo mostrerò anche agli altri supervisori nel caso in cui Beth dovesse effettivamente tornare. La chiameremo nel caso dovesse succedere.»

Sapevo che non sarebbe accaduto. Specialmente se era sposata. Ero certa che la dottoressa la pensasse allo stesso modo.

Le diedi il mio numero, la ringraziai e chiusi la chiamata.

«Wow. Non riesco a credere che sia sposata.» La mia sorellina. Mi ricordavo ancora quand'era piccola, prima che i nostri genitori morissero. Tutta sorrisi e abbracci.

I ragazzi rimasero in silenzio, come sempre. Adoravo il fatto che mi permettessero di riflettere, che non mi bombardassero di domande o consigli.

«Ironico, mi infastidisce di più il fatto che si sia sposata piuttosto che sia uscita dalla riabilitazione. Immagino che per certi versi mi fossi aspettata che l'avrebbe fatto. Ma un marito?»

«È una donna adulta,» disse Cord. Lui era quello più pragmatico. Diretto e conciso. Niente falsi luoghi comuni con lui. Per fortuna, perchè non ne volevo sentire. Magari anni prima, quando Beth aveva appena iniziato a drogarsi, mi sarebbe piaciuto ascoltare dei pareri pieni di speranza, tutti i possibili modi in cui avrebbero potuto andare le cose. Come avrebbe dato una svolta alla sua vita. Nessuna di quelle possibilità si era realizzata. Neanche una.

Annuii e mi alzai mentre Cord faceva un passo indietro. Gli sorrisi. «Ed ecco perchè sono venuta qui, per lasciarle spazio, che fosse riabilitarsi o sposarsi. Non ci sono più io a salvarla. Adesso ha suo marito. Pronti ad andare a cavallo?»

Anche Riley si alzò, mi voltò e mi prese per il mento. Gli piaceva quando lo guardavo negli occhi per parlare, quantomeno delle cose importanti. Era come se potesse vedere fin nel profondo della mia anima, oltre a tutti i sorrisi falsi e i muri emotivi che mi ero abituata ad erigere quando si trattava di Beth, e a vedere la verità.

«Che altra scelta ho?» chiesi. «Torniamo dentro e voi mi rimettete quel plug con brillante nel di dietro?»

Cord mi diede una pacca sul sedere e mi rivose un ghigno malizioso. «Bisogna prepararti, dolezza. Potremmo non averti ancora presa da lì, ma lo faremo. Quando sarai pronta.»

Dopo che Archer se n'era andato il giorno prima, loro avevano fatto esattamente come avevano detto. Ci eravamo fatti la doccia e loro mi avevano lavata, assicurandosi che fossi *molto* pulita, solo per poi portarmi nel letto di Cord e fare a turno tra le mie cosce, divorandomi fino a farmi venire più e più volte, perfino con il plug a fondo dentro di me.

«Se tornassimo in casa, non usciremmo mai più oggi,» controbattei, indicando la porta chiusa a chiave.

Entrambi sorrisero. «Dolcezza, è mezzogiorno. Mi piace come pensi, che ci metteremmo a giocare e a scopare per ore e ore.»

Mi sentii arrossire.

«Andiamo al ranch, ti presenteremo una bella cavalla docile e mansueta e ti porteremo a fare una cavalcata,» disse Cord mentre mi prendeva per un gomito e mi conduceva al furgone, sollevandomi sul sedile anteriore. «Inaugura quei bellissimi stivali da cowgirl e scopri com'è fatto il Montana.»

Riley fece il giro del muso del pickup e salì al posto di guida. «E più tardi, una volta che avrai imparato come si fa, ti porteremo a casa e potrai cavalcare due stalloni imbizzarriti.»

Non avevo idea che andare a cavallo potesse essere così divertente. Inizialmente, quando avevamo incontrato Jamison nelle stalle e lui mi aveva presentato Sage, ero stata molto scettica. Specialmente quando mi aveva mostrato come dare degli zuccherini alla cavalla tenendo il palmo della mano ben aperto. Mi aveva fatto vedere come faceva lui con un cubetto di zucchero e il cavallo gliel'aveva preso andandogli vicinissimo con i denti. Ma quando era stato il mio turno, io ero andata nel panico e avevo ritratto la mano. I denti del cavallo erano enormi e il mio cervello non aveva avuto dubbio sul fatto che Sage avrebbe azzannato ben più che solo lo zuccherino. Fortunatamente, Jamison si era mostrato paziente e mi aveva offerto una mezza mela, che la cavalla si era presa con gusto senza che io mi preoccupassi di trovarmi delle dita mozzate. in seguito, fu contenta di seguirmi fuori dal suo stallo e di farsi sellare. Non da me, ma dagli altri, che sapevano quel che stavano facendo. Io stetti a guardare perchè mi sentivo un'idiota... e perchè era interessante. Non volevo dipendere da Jamison o da chiunque altro solo perchè non prestavo attenzione.

Dopo che gli animali furono pronti, Riley mi aiutò a salire, assicurandosi che le staffe fossero regolate all'altezza giusta, e Jamison ci fece cenno di partire.

Cavalcammo verso ovest – non ero un granchè come bussola, ma sapevo che le montagne si trovavano in quella direzione. Non c'era alcun sentiero, non ce n'era bisogno. Quello era il terreno di pascolo aperto per il bestiame dello Steele Ranch. Sebbene riuscissi a scorgere un paio di animali che brucavano in lontananza, era come se avessimo avuto l'intero mondo tutto per noi. Non c'erano strade in vista. Niente pali della luce o del telefono. Niente edifici. Solo noi, i cavalli e il Montana.

Due cowboy sexy come non so che cosa che sapevano come stare in sella. Le loro cosce fasciate dai pantaloni erano muscolose e tese sotto i jeans, i cappelli da cowboy coprivano loro gli occhi dal sole. Riley poteva essere un avvocato e Cord poteva avere la stazza di un frigorifero, ma erano entrambi degli ottimi cavallerizzi. Andavano piano, permettendo agli animali di avanzare a passo pigro. Io mi abituai all'ondeggiamento ritmico avanti e indietro e mi rilassai, rendendomi conto che non sarei caduta, e allentai perfino la presa ferrea che tenevo sulle redini.

Parlammo di tutto e di niente – tranne che del fatto che qualcuno avesse cercato di uccidermi. Scoprii del periodo in cui Cord aveva fatto il militare, del padre di Riley e perfino della ragazza con cui avevano entrambi cercato di uscire al liceo. Sembrava che avessero decisamente migliorato le loro strategie di approccio da allora.

Quando facemmo ritorno, ero decisamente rilassata. C'era una sensazione in quel posto, qualcosa che non riuscivo a descrivere, uno stile di vita. Rilassato, sciolto, ma molto serio. Gli uomini erano così, come se avessero saputo cosa sarebbe potuto succedere e si godessero le piccole cose. Il cielo assolato era fuorviante; in Montana non c'erano ventiquattro gradi e il sole tutto l'anno. C'erano dei pericoli, lì, che io nemmeno conoscevo. Se fossi rimasta bloccata lì, non avevo alcun genere di capacità di sopravvivenza e probabilmente sarei finita col cavarmela mangiandomi le interiora del mio cavallo come un Tauntaun di *Star Wars*.

Fu quello il pensiero ridicolo che mi trovai in testa mentre tornavamo alle stalle. Cord smontò per primo, conducendo il suo animale fino al mio mentre mi afferrava le redini. «Pronta a scendere?»

«Come?» chiesi io. Per una volta, era più basso di me e faceva strano vederlo piegare indietro la testa per guardarmi.

«Il contrario di come sei salita.»

Roteai gli occhi, ma avevo visto abbastanza film sui cowboy da averlo già visto fare. Dal vivo, era un gran bel salto. «Non scapperà via imbizzarrita, vero?»

Lui scosse lentamente la testa ed ebbi la certezza che stesse ridendo di me internamente. «Tengo io le redini. Non va da nessuna parte.»

Estraendo un piede dalla staffa, feci passare la gamba sopra la sella e scesi a terra, ma, naturalmente, il mio bellissimo stivale da cowboy rosso rimase impigliato. Ci volle qualche secondo in più, ma finalmente mi liberai. Non ero stata molto aggraziata, ma ce l'avevo fatta da sola. Per rendere la cosa ancora più imbarazzante, praticamente mi cedettero le gambe.

«Whoa,» disse Riley, venendo a passarmi un braccio attorno alla vita. «Concedi un minuto alle tue gambe per riabituarsi a camminare.»

«Ma dai,» replicai, scuotendole un po'. Avevo muscoli che nemmeno sapevo esistessero tutti indolenziti o intorpiditi. E il mio sedere...

Riley mi fece scorrere un dito lungo il naso. «Sembra che dovremo prenderti anche un cappello da cowboy oltre a quegli stivali.»

Sentii del calore sul naso e probabilmente ce l'avevo rosso come quello di Rudolph per via del sole.

Cord condusse Sage e il suo cavallo nella stalla.

«Pensi di riuscire a camminare da sola?» mi chiese Riley dopo un minuto in cui si era limitato a tenermi abbracciata. Non che mi importasse. Il suo profumo pulito mi riportava alla mente all'istante, in maniera viscerale, quello che avevamo fatto insieme ed io lo volevo. Volevo anche Cord. L'odore forte di cavallo e di cuoio mi suggeriva che non avremmo potuto farci nulla al momento. Non lì. Magari saremmo potuti andare alla casa principale e-

No. Dio, mi stavo trasformando in una zoccola.

Scrollai le gambe e mi voltai a guardarlo. «Ci-ci proverò.»

Sebbene lui allentò la presa su di me, non mi lasciò andare del tutto. «Forse dovrei tenerti un braccio attorno alla vita, giusto per sicurezza.» Sogghignò e seppi che avevamo pensieri simili. Il calore, il desiderio, quasi scoppiettavano tra di noi. Dopo un attimo, cominciò ad avanzare verso la stalla, col braccio attorno alla mia vita che mi trascinava con sè. Lentamente, così che io potessi riabituarmi al trovarmi a terra.

Cord aveva riportato gli animali nell'aera in cui venivano spazzolati e strigliati. Con lui c'erano Jamison, Archer e Sutton. Mi presentò altre due persone. Patrick e Shamus.

«Signora,» disse quello biondo. Come tutti gli altri, Patrick indossava un paio di jeans e una camicia, sebbene avesse anche una t-shirt universitaria.

Dovevano avere diciannove o vent'anni e mi davano della signora. Dio, non avevo un aspetto tanto sciupato dopo la cavalcata, no? Mi passai una mano tra i capelli con imbarazzo.

Jamison mi disse che avrebbero lavorato lì al ranch durante l'estate e che erano laureandi alla scuola statale e avrebbero studiato scienze animali per il resto dell'anno.

«Vi siete divertiti?» chiese Sutton, lanciandomi un'occhiata preoccupata. Non lo vedevo dalla sera prima quando aveva sparato all'intruso, ma la cosa non sembrava aver avuto effetto su di lui. Sebbene fosse difficile dirlo. Era sempre così serio. Come se gli fossero capitate delle brutte cose in passato. Io ero semplicemente grata del fatto che avesse saputo sparare così bene.

Mi scostai dalla presa di Riley e mi avvicinai a Sutton. «Volevo ringraziarti. Ciò che hai fatto... per me. Dio, dovrai passare il resto della tua vita sapendo di aver ucciso qualcuno. E per me. Non so cosa dire perchè è troppo-»

Sutton sollevò una mano ed io smisi di parlare. «Prego. Ma non è necessario.»

«Ma hai *ucciso* qualcuno.»

Lui annuì brevemente. «Sì. è vero. Non è stato il primo e sapendo molto probabilmente quali fossero le sue intenzioni...»

Lanciammo un'occhiata ad Archer, che teneva una mano sul calcio della sua pistola. Sembrava fosse un'abitudine appoggiare lì la mano, non che stesse progettando di sparare a qualcuno.

«Uno stronzo in meno sul pianeta,» disse Sutton. «Il trauma per quanto successo potrebbe scatenarsi in qualunque momento. Lascia che i tuoi uomini si prendano cura di te.»

I miei uomini. Riley mi si fece di nuovo accanto. «Non le succederà nulla.»

L'angolo della bocca di Sutton si piegò in un sorriso. Era il più grande che gli avessi mai visto fare. «Sarà meglio. Che ne hai pensato della cavalcata?» chiese, cambiando discorso. Non sembrava piacergli essere al centro dell'attenzione ed io dovetti lasciar cadere il discorso. Era ciò che voleva e dovevo rispettarlo.

«È stata fantastica... finchè non sono scesa.» Mi sforzai di non massaggiarmi il sedere indolenzito.

«Diventerà più facile man mano che ci farai l'abitudine. Sage sarà qui ogni volta che vorrai. Fallo solo sapere a uno di noi e ti aiuteremo a sellarla. Verremo anche con te, così non sarai da sola.»

«Oh, um, sarebbe fantastico. Stavo giusto pensando che mi serve un Boy Scout personale.»

«Dolcezza,» mi disse Cord, facendomi voltare. «Io sono un Eagle Scout.»

«Ma certo,» borbottai, sogghignando. Me lo immaginavo da adolescente là fuori nelle lande desolate a cacciare wapiti con un arco e freccia artigianali e a cuocerli su un falò che aveva acceso sfregando insieme due legnetti.

«Mi spiace interrompere il divertimento, ma ho trovato una pista,» disse Archer al gurppo.

«Andiamo a parlarne fuori,» suggerì Riley, passando le redini del proprio cavallo a Patrick e prendendomi per mano. Shamus prese il comando di Sage e del cavallo di Cord e uscimmo di nuovo all'aria aperta.

Ce ne restammo lì in piedi assieme a Jamison, Sutton ed Archer. Riley mi teneva una mano in vita – era come se vi fosse attirata ogni volta come una calamita – con Cord al mio fianco. Jamison si era appoggiato alla parete esterna delle stalle.

«La polizia del New Jersey mi ha mandato la cartella di Dwight Sampers. È fottutamente lung- scusa, Kady. È lunghissima. Rapina, aggressione aggravata.» Strinse le labbra. «Stupro.»

Il mio cuore perse un battito. Stupro. Tutti gli uomini avevano i muscoli tesi, come se quella parola avesse avuto lo stesso effetto anche su di loro.

Guardai Sutton. Praticamente vibrava di rabbia ed io andai da lui e gli presi una mano. Era grande e calda, eppure molto rozza e callosa. I suoi occhi grigi incrociarono i miei. «Non sono sicuro di doverlo dire di fronte ad Archer, ma sono contento di avergli sparato.»

Sentii Archer ridacchiare alle mie spalle. «Anch'io ne sono felice. Sono perfino più felice del fatto che sia morto. Sebbene voglia dire un sacco di scartoffie, se non altro è uno stronzo in meno... scusate, un bastardo in meno-» Archer chiuse gli occhi. Chiaramente non era in grado di moderare il linguaggio.

«Va bene. Era uno stronzo,» chiarii io mentre gli lanciavo un'occhiata da sopra la spalla.

«Una brutta persona in meno,» concluse Archer.

«Sampers ha ricevuto una somma sul suo conto la settimana scorsa di poco meno di diecimila dollari.»

«La IRS non viene notificata se si sta sotto quella cifra,» disse Jamison, e tutti ci voltammo a guardarlo. Non si era mosso dal suo posto contro il muro.

«Esatto. Si è trattato di un bonifico bancario,» aggiunse Archer. «Crediamo che fosse il pagamento per venirti a cercare. Dunque ha senso che tu non abbia mai sentito parlare di lui se si trattava solamente di un sicario. Per quanto riguarda Briggs, be', dobbiamo ancora scoprire in che modo sia collegato.»

«Aspettate.» Il mio cervello si congelò su quel nome. «Ommioddio. Briggs?» chiesi.

Archer si allarmò di fronte al mio tono di voce e perfino Jamison si fece più vicino.

«Lo conosci?» chiese Archer.

«Non è lui il tipo che-»

«Ho già sentito quel nome-»

«Mia sorella ha sposato David Briggs.»

Io, Cord e Riley parlammo tutti e tre nello stesso momento e Archer sollevò una mano. «Aspetta. Tuo cognato è David Briggs?»

«Così sembra.» Feci spallucce. «Mia sorella, Beth, mi ha chiamata questa mattina. Ha detto di essersi sposata due giorni fa. Ha buttato lì il nome del tizio. Come fate *voi* a conoscerlo?»

«Il conto bancario che ha inviato i soldi a Sampers è intestato a David Briggs.» Archer rimase immobile, studiandomi da vicino. «Dunque non l'hai mai conosciuto prima d'ora?»

«No. Come ho detto, non ho mai sentito il suo nome finchè Beth non mi ha chiamata.»

«Sai nulla sul suo conto?»

«Niente.»

«Dove si sono conosciuti?» Archer si mise le mani sui fianchi.

«Riabilitazione.»

Raccontai la breve storia di Beth con le droghe che era finita col suo ingresso alla New Beginnings per poi uscirne.

«Abbiamo sentito parte della chiamata,» aggiunse Riley. «La dottoressa non poteva dirci nulla su Briggs. Rapporto confidenziale medico-paziente. Ma ci ha detto che si era dimesso dalla clinica un giorno prima della sorella di Kady.» Si interruppe per un attimo e, quando tornò a parlare, la sua voce era diversa. Più cupa. «Era tutto pianificato.»

Io alzai di scatto la testa. «Cosa? Cosa stai dicendo, che David Briggs ha pagato qualcuno per uccidermi? Perchè? Dio, Beth è in pericolo? Ha ripreso ad assumere droghe, è instabile e sola – e sposata – con qualcuno che a quanto pare mi vuole morta. Qualcuno spietato e subdolo. Beth può anche essersi avventurata nei meandri più oscuri della vita dandosi alle droghe, ma proprio per questo era ancora abbastanza ingenua, per certi versi. Facilmente ingannabile.»

«Tu hai un testamento, Kady?» chiese Jamison.

Sbattei le palpebre. «Sì, certo.»

«Oh merda,» sussurrò Cord.

Io spostai lo sguardo dall'uno all'altro di tutti gli uomini presenti. «Mi sto perdendo qualcosa. Cosa non mi state dicendo?»

«Chi è il tuo erede, in caso ti accada qualcosa?» domandò Riley.

«Beth. Quando i miei genitori sono morti, avevano una piccola assicurazione sulla vita e la casa è passata a me. Sebbene Beth fosse diciottenne all'epoca, non avevano aggiornato il testamento ed era passato tutto a me.»

«Dovevi essere il suo tutore fino a quando non fosse diventata maggiorenne,» dedusse Riley.

«Esatto. Volevano assicurarsi che restassimo insieme. Ma

dal momento che lei *aveva* diciottanni, non aveva importanza. Se non per il fatto che lei non aveva nulla. In paranoia per via di quello che era successo, io avevo fatto redigere un testamento che assicurava che la casa e qualunque altra cosa passasse a Beth.»

«Hai dei cugini? Zie? Famigliari di qualsiasi genere?» mi chiese Riley.

Io scossi la testa. «I miei genitori erano figli unici e i miei nonni sono morti quando ero piccola. Ho solo Beth.»

«Dal momento che Beth è la tua unica parente in vita, diventerebbe automaticamente l'erede della tua tenuta se dovesse accaderti qualcosa, testamento o meno. Ma quando si è sposata...»

Riley non concluse la frase.

Feci un passo indietro, poi un altro. Oddio. «Dillo e basta.» Non mi sentivo più le labbra, nè tantomeno provavo più alcuna emozione. Cosa aveva fatto Beth?

«David Briggs ha sentito parlare della tua eredità dello Steele Ranch da tua sorella e vuole incassare il bottino.»

$\mathscr{C}$ ORD

«Pensi che Beth abbia qualosa a che fare con questa storia?» domandò Kady.

Io mi ero accomodato su uno dei divani nel salotto della casa principale, con Kady accoccolata in braccio. Era andata nel panico per via di sua sorella, di David Briggs. Non aveva pianto, non aveva gridato, si era solo... chiusa in se stessa, e la cosa mi aveva spaventato a morte.

Sebbene vederla piangere sarebbe stato devastante, se non altro avrebbe tirato fuori un po' di emozioni. Invece si era spenta e io non avevo la minima intenzione di permetterglielo. Afferrandole una mano, l'avevo praticamente trascinata fino in casa. Non che sarebbe stata meno sconvolta nel luogo in cui qualcuno aveva fatto irruzione per cercare di ucciderla. Magari assoldato da un uomo in combutta con la sua cazzo di sorella.

Ma volevo tenerla tra le braccia e non avevo intenzione di farlo nelle stalle.

Rimasi seduto in silenzio, senza fare niente a parte impedirle di alzarsi quando arrivarono gli altri. Lei si trovava esattamente dove volevo che fosse. Al sicuro. E sapeva dannatamente bene che l'avrei protetta da qualsiasi cosa. Nessuno le avrebbe fatto del male. Mai.

E gli altri? Potevano cercare di capire cosa stesse succedendo mentre io me la tenevo tra le braccia e se avessero avuto un problema, se non gli fosse piaciuto vedermi prendermi cura della mia donna, allora che se ne andassero al diavolo.

I ragazzi entrarono e Riley osservò Kady, mi rivolse un leggero cenno del capo e poi seguì Jamison, Archer e Sutton in cucina. Li sentii frugare nei cassetti e nel frigo. Archer era al telefono. Riuscii a sentire solamente qualche parola, ma capii che stava aggiornando qualcuno circa le ultime novità su Beth e David Briggs.

«Qualcosa a che fare? Sei tu che conosci tua sorella. Che cosa ne pensi?» le chiesi. Io non sapevo nulla di Beth, nulla a parte quello che ci aveva raccontato lei. Ma conoscevo altra gente dipendente dalle droghe, sapevo bene il prezzo che pagavano, che pagavano le loro famiglie. Sapevo quanto disperati potessero diventare. Le droghe costavano soldi ed io non avevo dubbi che Beth avesse probabilmente già prosciugato qualunque assicurazione sulla vita le fosse stata concessa alla morte dei suoi genitori. La fetta di Kady dei soldi degli Steele avrebbe potuto fornirle droga per il resto della sua vita.

O dare a Briggs qualunque tipo di vita avesse voluto.

«La mia prima reazione ovviamente sarebbe dire di no,» replicò lei dopo un po', prendendosi del tempo per riflettere.

Io non avevo intenzione di metterle fretta. Volevo farle

esprimere ogni emozione. A voce alta. Condividerle, così da poterla privare di quel peso. Ero abbastanza robusto da poterlo sorreggere per intero.

«Sono sua sorella e non farebbe mai una cosa del genere. Ma ce l'ha avuta così tanto con me per così tanto tempo. Per il fatto che tutto il male fosse accaduto a lei, non a me. Non sembra capire che anch'io ho perso i miei genitori. Ma quando ho saputo di Aiden Steele e dell'eredità, si è *davvero* risentita. Era la prova crudele di ciò che aveva sempre sostenuto. Io avevo un padre in più. Come se fossi stata tanto fortunata per quello.»

Sospirò, stringendomi le dita attorno all'avambraccio. La sua mano era così piccola in confronto. Eppure, lei era forte. Così fottutamente forte. Non si meritava quello schifo. *Poteva* gestirlo. Aveva vissuto da sola per anni ed io mi sentivo una merda a pensare a lei, più giovane, ad occuparsi di Beth con il suo dolore. Avrei potuto esserci per lei, ma non era stato così. Era stupido: non avevo nemmeno saputo che esistesse allora. Ma adesso non era più sola. Non lo sarebbe più stata.

«Non è che avessi saputo di Aiden Steele, che glielo avessi tenuto nascosto. Si tratta solamente di un nome su un pezzo di carta, per me.»

«Poi lei è finita in riabilitazione,» aggiunsi io.

«Sì. E quando riuscivo a farle visita, o quando mi chiamava lei, non andava mai a finire bene. Proprio come la telefonata al ristorante l'altra sera. Rabbia. Odio, addirittura. Ma era così felice quest'ultima volta quando mi ha detto di essersi sposata. L'hai sentita prima. Non era così emozionata da... una vita.»

«Può essere che non abbia alcuna idea di quel che è successo. Se questo tizio, Briggs, è un sociopatico, potrebbe starsi approfittando delle debolezze di tua sorella,» suggerii. «Un bisogno di amore, di attenzioni.»

«Il suo bisogno di droghe,» aggiunse lei.

Le diedi un bacio sulla testa, sentendo i suoi capelli setosi premermi contro le labbra. «È facile arrivare a tenere qualcuno sotto controllo.»

Dalla cucina proveniva un profumo di cibo italiano. Salsa di pomodoro e aglio. Dovevano aver messo in forno una delle teglie della signora Potts. Lasagna, sperai.

Archer entrò, appoggiandosi con un fianco contro una delle poltrone super imbottite. Il resto dei ragazzi lo seguì accomodandosi in salotto, ma Riley si sedette accanto a noi sul divano, prese i piedi di Kady tra le mani e se li mise in grembo.

«David e Bethany Briggs erano su un volo per Billings ieri.»

Percepii Kady irrigidirsi alle parole di Archer. Sua sorella si trovava qui, ma non era passata a trovarla. Billings era a qualche ora di distanza, ma non ci voleva un giorno ad arrivarci. Se avesse voluto vedere Kady, sarebbe venuta. Il che mi fece solamente pensare al peggio.

«Ti ha chiamata dal Montana,» disse Riley. Il suo sguardo penetrante era fisso su Kady. Riuscivo a vedere la rabbia e la frustrazione nei suoi occhi così come in ogni muscolo teso del suo corpo.

«Perchè non mi ha detto di trovarsi in zona?» chiese Kady, ma era abbastanza furba da saperne il motivo.

Beth mi piaceva sempre meno ogni secondo che passava.

«Stanno venendo qui. Da te. Questo è il posto perfetto per prenderli,» disse Archer.

Non c'era davvero un modo per alleviarle quel dolore. Ad Archer Kady poteva anche piacere, ma lui era lo sceriffo e aveva un tentato omicidio su cui investigare. Con la pista che portava dritta a sua sorella, era impossibile addolcirle la pillola sul fatto che Beth avrebbe potuto finire in galera.

Per cui feci l'unica cosa che avrei potuto fare, accarezzarle un braccio con le dita, farle sapere che non era sola, che a prescindere da quel che sarebbe successo a sua sorella, io e Riley eravamo lì per lei. Anche gli altri.

«Sono d'accordo,» disse Jamison. Sebbene il ranch non fosse suo, si sentiva protettivo nei suoi confronti, di coloro che vi abitavano. «Il ranch è un buon posto in cui stare. C'è una sola strada che entra ed esce. Se venissero a piedi, cosa che dubito, li si vedrebbe attraversare i campi.»

Continuarono a parlare, a tramare, a delineare strategie.

«Ha senso che vengano a trovarmi. Per fare qualunque cosa Briggs abbia previsto ora. Ma stasera?» chiese Kady.

«Non lo sappiamo,» disse Archer. «Ma non sono venuti in Montana per la luna di miele. In base a quanto hanno fatto finora, sono impazienti. Immagino non vorranno aspettare. Se lo facessero, allora ci apposteremo anche domani.»

Lei si raddrizzò ed io allentai la presa su di lei. «Avete intenzione di tendere loro un'imboscata?»

Tutti guardarono Kady. «Dolcezza, quello stronzo la scorsa notte, lui ti ha teso un'imboscata.»

«La differenza è che li arresteremo soltanto, non li uccideremo,» confermò Archer, lanciandole un'occhiata piatta.

«Parla per te,» borbottai io.

«Non potete uccidere Beth!» urlò lei, voltandosi abbastanza da riuscire a sollevare lo sguardo su di me.

«Non Beth, dolcezza,» le dissi, tenendo un tono di voce leggero considerando quello che avrei voluto fare a quel bastardo di Briggs. «Non farei mai del male ad una donna, nemmeno per un motivo del genere. No, se fosse coinvolta in quanto successo la notte scorsa, andrà in prigione.»

«Kady, zuccherino,» disse Archer mentre si spostava per sedersi sul tavolino da caffè. Lei si voltò per guardarlo. «A meno che a tua sorella non venga puntata una pistola alla testa – e non mi sembra sia questo il caso, basandomi su quanto mi hai raccontato dell'ultima telefonata – allora probabilmete verrà arrestata quantomeno in qualità di complice.»

Lei annuì. «Lo so. Deve essere ritenuta responsabile delle proprie azioni. Deve imparare che ci sono delle conseguenze, che non c'è sempre qualcuno a salvarla. E sembra che per lei la riabilitazione sia stata questo, qualcosa che l'abbia salvata. Un'attenzione che le è stata dedicata.»

Riley le diede una pacca sulla gamba. «A te sta bene?»

«Bene?» Mi si dimenò in braccio, scrollò le spalle. «Non proprio, ma l'ho già sostenuta abbastanza. Come hai detto tu, è una donna adulta ed io devo lasciarla andare. O quantomeno lasciarle vivere la sua vita. Quella che si è creata da sola.»

Soddisfatto, Archer si alzò. «Bene, allora Kady resterà qui alla casa e-»

Lei si alzò di scatto, mettendosi le mani sui fianchi. «Assolutamente no. Ho bisogno di far parte dell'operazione. È mia sorella e-»

«Vuole la tua attenzione.» Sutton si sporse in avanti, appoggiando i gomiti sulle ginocchia e parlando con un tono abbastanza brusco da zittirla. «L'hai appena detto tu stessa. Se ti trovassi lì quando li catturiamo, la staresti salvando. O, se ti dovesse vedere, potrebbe pensare che ti sei messa contro di lei. Sei tu la vittima, qui, non lei. Quindi, per quanto riguarda la tua presenza? Non esiste.»

Sutton era la persona meno gentile che conoscessi. Era pieno di difetti. Irascibile. Brusco. Cattivo, a volte. Non con Kady, ma con lei era serio. Un tiratore esperto che non addolciva nessuna pillola. E al momento, era quello che le serviva. Io potevo essermela accoccolata in grembo, ma era stato più per il mio bene che per il suo.

Lei afflosciò le spalle.

«Kady, amore, io e Cord abbiamo bisogno che tu stia

qui,» le disse Riley. «Che tu sia al sicuro in casa. Non saremmo in grado di concentrarci se dovessimo preoccuparci di te.»

Lei sospirò, poi gli rivolse uno sguardo serio. «Sì, hai ragione. Non voglio che vi facciate del male per colpa mia.»

«Brava ragazza,» mormorai, orgoglioso del fatto che avesse capito. Lei mi lanciò un'occhiata mentre mi alzavo, mi chinavo e le catturavo brevemente le labbra in un bacio. Ero fiero di lei. Era così fottutamente forte.

Briggs sarebbe stato messo fuori gioco. Sua sorella avrebbe avuto quel che le spettava. Era come andare in guerra. Il nemico era stato identificato e avevamo una missione. Dovevamo fare tutto il possibile per proteggere i nostri. E questo significava essere in grado di concentrarci. Non sarei assolutamente stato in grado di farlo se Kady si fosse trovata nei pressi di qualcuno di pericoloso. Non potevo lasciarmi distrarre.

Lei allungò una mano, prese la mia, lanciò un'occhiata a me e poi a Riley. «Tornerete da me?»

Era preoccupata per me. Per noi. Me la tirai addosso, il suo corpo premuto contro il mio. La tenni stretta in un abbraccio, dandole un bacio sulla testa. «Dolcezza, quando questa storia sarà finita, non ti lasceremo mai più andare. Okay?»

Lei non tardò a rispondere, non si prese nemmeno un secondo per pensare. Tutto ciò che disse fu, «Okay.»

E sebbene io fossi già stato fottuto fin dal principio, quella fu di nuovo la mia rovina. All'epoca, avevo deciso che Kady sarebbe stata mia. Mia e di Riley. Ma adesso, era lei che si stava mostrando disposta ad essere *nostra*. C'era una gran differenza e mi sembrava che significasse... tutto.

«Resterò io qui con lei,» disse Jamison. Guardò me, poi Riley. Non aveva bisogno di dirci nulla per farci sapere che l'avrebbe protetta a costo della sua vita. «Voi andate a concludere questa storia.»

Eccome. Volevo vedere Briggs dietro le sbarre, Beth in un centro di riabilitazione di sicurezza e Kady nel mio letto. Per sempre.

$\mathscr{K}$ADY

«Mugicco? Non può essere una parola vera.»

Fissai lo strano miscuglio di lettere che stava garantendo a Jamison un punteggio triplo sia per lettera che per parola.

«Un contadino russo,» replicò lui, aggiornando il proprio punteggio su un pezzetto di carta.

«Se sei così bravo a Scarabeo, scommetto che sai fare le parole crociate più difficili.»

Jamison scrollò una spalla e non mi guardò, ma ebbi la mia risposta.

«Sei a capo del ranch e sei molto intelligente. Che altro mi vuoi dire di te?» gli chiesi.

Eravamo seduti al tavolo della cucina, con il gioco a dividerci. Gli altri se n'erano andati due ore prima e Jamison aveva preso molto sul serio il suo ruolo di restare con me. Avevamo lavato tutti i piatti, preparato dei brownies e scelto Scarabeo dalla selezione di giochi accanto al camino in salotto. Inizialmente, avevo immaginato che fosse più un modo per distrarmi che altro, ma Jamison era un giocatore competitivo.

Aveva fatto un ottimo lavoro nel distrarmi, ma i miei pensieri erano volati a Cord e a quanto aveva detto.

Quando questa storia sarà finita, non ti lasceremo più andare.

Non erano state solo parole. Le aveva dette con sentimento. Ciò che avevamo non erano solamente dei momenti di sesso. Non erano solamente orgasmi intensi. Era una cosa più profonda, più complessa ed era stato così fin dall'inizio. Non l'avrei definito amore a prima vista. No, era troppo cliché. Era una connessione, un legame, che affondava le sue radici fino nell'anima. Non avrei saputo spiegarlo. Lo percepivo e basta. Dentro di me e nelle parole di Cord, nello sguardo di Riley.

Ed avendo espresso il mio consenso, avevo stabilito il mio destino. Per quanto riguardava gli altri, loro non avevano proferito parola.

Non ci avevano presi in giro o fatto battute maliziose. Nemmeno quando ero stata seduta in braccio a Cord mentre parlavamo. Sapevano come stavano le cose e lo rispettavano. Perfino con due uomini che volevano che fossi loro. Due uomini. Non c'era dubbio.

Oh, volevo i loro baci, il loro tocco delicato – e non poi così delicato. Volevo le loro parole sporche. Volevo i loro grandi uccelli. Stavo cominciando a pensare che avrei potuto desiderare perfino altra roba nell'ano. Stranamente, mi era piaciuto. Come poteva essere altrimenti quando mi avevano fatta venire così tante volte da farmi dimenticare il mio stesso nome?

«Anche tu non sei stupida,» controbatté lui, distraendomi dai miei pensieri.

Io arrossii, ma se avesse avuto anche solo la minima idea di cosa stessi pensando, non lo diede a vedere. Scarabeo.

Stavamo parlando di un gioco da tavolo, non del mio desiderio che i miei ragazzi si prendessero la mia verginità anale la prossima volta che li avessi visti.

Scarabeo. Avevo pensato di essere una giocatrice decente, fino a quel momento. Essere una divoratrice di libri mi era stato d'aiuto in passato, ma non con lui.

«Non ho paura di te,» gli dissi, puntandogli un dito contro. Notai il suo sguardo intelligente, vidi l'esperienza che vi si celava dietro. La vita vissuta. «Tutta questa facciata del tipo... silenzioso e meditabondo che metti su, cos'è? Per tenere la gente a distanza?»

Aveva i capelli corti, con un taglio ordinato. Sulle tempie aveva qualche striatura argentata. Immaginai che dovesse andare per la quarantina. Riuscivo a vedere un tatuaggio spuntargli da sotto il polsino della camicia. Era bello, ma dall'aspetto rude. Vigoroso, come un cowboy, ma dai modi grezzi come se avesse passato dei brutti momenti. Come se fosse sopravvissuto.

«Bene. Il mio compito è tenerti al sicuro, non farti avere paura di me,» ribatté lui.

Io posai le mani sul tavolo, chinandomi in avanti. «In realtà hai il cuore tenero.»

Lui inarcò un sopracciglio scuro, quello attraversato dalla cicatrice.

«Non dirlo a nessuno.»

Il cellulare di Jamison emise un tintinnio, indicando che gli era arrivato un messaggio. Si trovava accanto al suo braccio destro sul tavolo. Se lo attirò più vicino, leggendo il display.

«Sono alla stazione. È finita.»

«Li hanno presi?»

«Sì. Stanno per interrogarli, ma Archer ti vuole là.»

Mi sentii scorrere l'adrenalina in corpo. Ero felice che la polizia li avesse in custodia, ma ero preoccupata per Beth. A prescindere da quanto dicessi io o da quello che cercassero di dirmi gli altri, volevo bene a mia sorella e mi preoccupavo per lei. Non avrei mai smesso, a prescindere da quello che lei avrebbe fatto. Volevo bene a *lei*. Non alle sue azioni.

Tuttavia, le sue azioni erano il motivo per cui era finita in prigione ed era il momento di scoprirne le ragioni. Arrivare al fondo della questione.

Mi alzai, facendo scivolare la sedia sul pavimento di legno. «Andiamo.»

Trenta minuti dopo, entrai nella stazione di polizia di Barlow, con Jamison al mio fianco. In me si scatenava un turbinio di emozioni diverse. Ero eccitata all'idea di rivedere Cord e Riley, di sapere che non erano feriti. Nervosa all'idea di vedere Beth, insicura di come avrebbe reagito. Spaventata all'idea di conoscere le intenzioni di David Briggs. Tuttavia, per quanto potessero trovarsi in prigione, la faccenda non era ancora conclusa. Non del tutto.

Cord e Riley stavano parlando con Sutton, ma quando mi videro, lo abbandonarono. E come la prima volta in cui li avevo visti, il mio cuore perse un battito.

Riley mi attirò a sè in un abbraccio, poi per un bacio veloce prima di passarmi a Cord affinché potesse fare lo stesso. Il loro tocco, il loro profumo era rassicurante. Amorevole. Adesso però non era il momento di sciogliermi in un brodo di giuggiole.

«Jamison mi ha detto che sono stati presi in custodia.»

«Tua sorella si trova in una sala riunioni e Briggs è in una cella,» disse Riley, accennando nella direzione in cui immaginai li stessero tenendo.

«È finita semplicemente così, mentre noi giocavamo a Scarabeo?»

Riley sorrise, lanciando un'occhiata a Jamison che se ne stava in piedi appena oltre la soglia d'ingresso. «Scarabeo, eh?»

«Grazie per essere venuta, Kady,» disse Archer raggiungendoci. Lì all'interno della stazione era più imponente, più ufficiale. Sebbene non avessi dubbio del fatto che avesse avuto esperienza con ogni genere di crimine, Barlow non era Philadelphia. Non doveva accadere ogni giorno che qualcuno premeditasse un omicidio su commissione.

«Pensavo non avresti più voluto avere a che fare con me, ho cambiato le statistiche criminali della contea nel giro dei pochi giorni che sono stata qui.»

Lui sorrise. «Vero. Ma Barlow sarebbe una noia senza di te. Così come questi due.» Lanciò un'occhiata eloquente a Cord e Riley.

«A cosa ti servo?» chiesi, decisa a rendergli le cose più facili. Non avevo dubbi che avesse un sacco di scartoffie da sbrigare prima di potersene andare a casa. Dal momento che erano già le dieci, sarebbe stata una lunga nottata.

«Il signore e la signora Briggs non sono delle spietate menti criminali. Li abbiamo presi piuttosto facilmente, ci è bastato accendere i lampeggianti e farli accostare.»

«Davvero?» chiesi. «Mi ero immaginata granate stordenti e Taser o roba simile.»

Cord rise. «Guardi decisamente troppa TV oppure dobbiamo fare in modo che tu ti trasferisca da Philadelphia il prima possibile.»

«Briggs è un sociopatico, su questo non c'è dubbio,» proseguì Archer. «Non pensava – non pensa – di aver fatto nulla di male, che fosse suo diritto venire nel Montana a conoscere sua cognata. I veri criminali si nascondono dai poliziotti. Solo i pazzi crederebbero di non poter essere arrestati. Briggs ci ha lasciato una pista molto facile da seguire, che lo riconducesse senza dubbio al crimine. Stessa clinica di riabilitazione di tua sorella. Diamine, se l'è sposata. Ci sono conferme di bonifico a favore del tizio morto. Biglietti aerei per il Montana, perfino un'auto a noleggio con il GPS ad indicargli la strada per lo Steele Ranch. Non vorrei essere il suo avvocato difensore.»

«E Beth?» Trattenni il fiato.

«Sembra essere solamente una pedina in tutta questa storia, ma avrò bisogno del tuo aiuto per parlarle e scoprirlo per certo. Non è innocente neanche lei, comunque.»

«Posso vederla?» Sollevai lo sguardo su Riley e Cord. «Andrebbe bene?»

«A me piacerebbe che lo facessi. Briggs le ha fatto un po'... il lavaggio del cervello. Ha bisogno di riabilitazione, Kady, come ben sai. Magari riesco ad inserirla in un programma antidroga del carcere.»

Annuii. «Vuoi che veda la verità sul conto di Briggs.»

Lui mi guardava fisso. «Sì. È l'unico modo per metterla sulla via della guarigione. Quando le parlerai, non sarà bello. Ce l'avrà a morte con te. A parte la tua eredità, è stata arrestata per essere venuta a trovarti. Adesso lei e suo marito si trovano in carcere – separati – sempre per colpa tua,» proseguì Archer. «Si sta facendo, Kady. I segnali ci sono tutti, ma non so quando avrà bisogno di un'altra dose.»

«Capisco.» Ci ero già passata, conoscevo i segnali. Sapevo cosa accadeva.

«Io sarò nella stanza assieme a voi,» proseguì Archer. «I tuoi uomini possono guardare dal mio ufficio. Non ce li voglio dentro. Non voglio che lei sappia nulla sul tuo conto qui. Di Cord e Riley. Tu hai ciò che lei vuole. Un uomo – due uomini – che ti amano. Invece, lei ha Briggs. Tu hai tutto, Kady.»

Io sollevai lo sguardo su Cord e Riley. Avevo davvero tutto.

«D'accordo.»

«C'è un vetro a specchio unidirezionale nella stanza così che Cord e Riley possano guardare.»

Erano anni che quel confronto con Beth doveva avere luogo. Il nostro rapporto, o quel che ne restava, dipendeva dall'esito di quella conversazione. Sapevo di dover essere pronta ad andarmene, a lasciar andare Beth, per poter proseguire con la mia vita. Lei era tossica – e un pericolo per me – e a meno che non avesse ottenuto un aiuto serio e avesse dato una svolta alla sua vita, non poteva fare parte della mia. Dovevo solamente sperare di essere abbastanza forte da affrontare qualunque cosa sarebbe successa.

Solo vedendo Riley e Cord di fronte a me, comunque, forti e sicuri, sapevo di potercela fare. Non ero più da sola. Avrei potuto affrontare quello, o qualsiasi altro problema, perchè loro sarebbero stati con me. Accanto a me.

«Sono pronta.»

«Tieni a mente una cosa,» esordì Archer. «Briggs sparirà dalla circolazione per un bel po'. Decine di anni, se non a vita. Per cui, a prescindere da ciò che sentirai, da qualunque cosa accadrà, non potrà arrivare a Beth. E sappi che non potrà più darti fastidio.»

Dopo quelle parole cupe, ma rassicuranti, Archer mi condusse nella stanzetta che usavano per i convegni o per i lavori di gruppo, ma che fungeva anche da stanza per gli interrogatori. L'unica cosa che ne indicasse quell'uso era una sbarra di ferro perennemente fissata al tavolo robusto a cui Beth era ammanettata. Sollevò lo sguardo quando entrai, spalancando gli occhi sorpresa.

Mentre io avevo i capelli rossi come nostra madre, lei era tutta suo padre. Capelli neri, occhi scuri. La sua pelle un tempo diafana adesso era chiazzata e grigia. I capelli le cadevano in un taglio semplice appena sopra le spalle. Non era truccata e indossava una semplice maglietta nera. Non riuscivo a vedere l'altra metà del suo corpo per sapere cos'altro avesse addosso.

«Kady. Dio, tirami fuori di qui!»

Strattonò le manette, facendone risuonare il metallo. «Hanno commesso un errore. Non dovrei trovarmi in manette. *Fa'* qualcosa.»

«Cosa ti hanno detto che hai fatto?» le chiesi in tono neutrale, tirando indietro la sedia che aveva di fronte e prendendovi posto. Unii le mani sul tavolo, calandomi nello stato mentale neutrale che assumevo quando dovevo avere a che fare con un genitore inviperito agli incontri genitori-insegnanti.

«Non lo so! Nessuno mi dice nulla. Eravamo nel Montana da appena due giorni e tutto ciò che abbiamo fatto è stato venire a trovarti. Lui dov'è? Perchè non siamo insieme?»

«Lui si trova in una delle celle. Questo posto è piuttosto piccolo.»

Lei si rilassò sapendo che era nei paraggi. «È bellissimo, non è vero? Le donne sull'aero lo guardavano ed erano gelose. Gelose marce di me. *Di me!*»

«Quando mi hai chiamata stamattina, hai detto che vi siete conosciuti alla New Beginnings.»

«È stato il destino.» Sospirò, con occhi sognanti. «Eravamo in un gruppo insieme.»

«Perchè lui si trovava lì?»

Lei scrollò leggermente le spalle, abbassando lo sguardo sulle proprie unghie. «Droghe. Il giudice» -sputò quella parola come se fosse veleno - «ce l'ha fatto andare. David ha detto che l'hanno incastrato, che doveva stare lì sei mesi perchè qualcuno gli aveva messo dell'eroina nella macchina. Riesci a credere a come l'hanno trattato?»

Sei mesi in riabilitazione invece che anni, magari decenni, in galera per possesso di droga? Dovevo chiedermi cosa avesse detto per ottenere tanta... flessibilità dal giudice.

Basandomi sulle prove schiaccianti cui Archer aveva accennato contro di lui, dubitavo che questa volta se la sarebbe cavata in una clinica di riabilitazione senza sorveglianza.

«Adesso non ha più importanza perchè David sta bene e ha deciso di abbandonare quel posto.» Si tirò una pellicina ed io dovetti distogliere lo sguardo. «Be', dopo esserci fidanzati.»

«Sembra romantico.» Non lo era, ma dovevo dirle quello che voleva sentire per farla contenta. E lei voleva che fossi felice per lei. Qualunque altra cosa e sarebbe scattata. Gliel'avevo visto fare abbastanza volte da sapere come addentrarmi su quel campo minato.

Lei si rimise le mani in grembo, mi guardò e mi sorrise raggiante, tutta sognante come una ragazzina delle medie alla sua prima cotta. «Non è stato amore a prima vista nè niente del genere, ma quando ci siamo messi insieme... wow. Era come se avesse voluto davvero conoscermi. Mi *ascolta*. Voglio dire, quale ragazzo vorrebbe stare a sentire una storia incasinata come la nostra?»

«Sa di Mamma e Papà?»

«Ma certo,» rispose lei, come se fossi stata una bambina piccola. «Sa *tutto*. Non abbiamo segreti.»

Ecco l'aggancio che cercavo. Lanciai un'occhiata furtiva ad Archer, che se ne stava appoggiato al muro a braccia conserte. In silenzio. Lui e Jamison erano molto simili.

«Di certo sa di me.»

«*Sei* mia sorella.» L'espressione sul suo volto diceva *ma va'*.

«E del mio viaggio in Montana.»

«La prima volta che me ne hai parlato, me la sono presa. Molto. Voglio dire, scopri di avere un padre che non hai mai conosciuto ed erediti milioni. E parte di un ranch. Non è giusto. A me nessuno ha mai dato niente.»

«Mamma e Papà ti hanno dato i soldi per andare al college.» Non accennai al fatto che io avessi pagato le altre sue quattro volte in riabilitazione e stessi pagando un secondo mutuo con il mio stipendio da insegnante per quello. Le avevo perfino dato i miei vestiti durante un inverno.

Lei assottigliò gli occhi. Avevo toccato un tasto dolente al solo nominare i nostri genitori. «Hanno pagato per il primo anno e guarda cos'è successo. Sono morti.»

«Non sono morti, Beth, perchè tu sei andata a scuola. Sono morti per via di un terribile incidente. I soldi erano ancora lì per te, per il college. Te li hanno *dati*.»

Lei tirò su col naso e se lo sfregò con un dito.

«Cosa ne hai fatto? Dei soldi per il college?» la incitai.

Voltando la testa, distolse lo sguardo da me. «Non voglio più parlare di questo. Voglio che il signor Poliziotto Integerrimo qua presente mi lasci fare la mia telefonata.»

Archer non batté nemmeno un ciglio di fronte al suo tono brusco.

«Chi chiameresti?»

Lei strinse le labbra. «Chiamerei te, ma sei già qui. Quindi tirami fuori.»

«No.»

Ecco. L'avevo detto.

Tre... due... uno.

«No? No! Kady, ma che cazzo?» Strattonò le manette, pronta a fare avanti e indietro agitando le braccia, fare una scenata così esagerata da attirare l'attenzione e la compassione che desiderava.

«David Briggs è accusato di... cosa, Sceriffo?» chiesi, in tono calmo.

«Tentato omicidio, istigazione all'omicidio e un paio di altre cose.»

Beth si immobilizzò, sbattè le palpebre.

«Omicidio?» praticamente urlò. «Chi mai ucciderebbe, David? È stato in riabilitazione e poi assieme a me. Penso che lo saprei se mio marito avesse ucciso qualcuno.»

«*Tentato* omicidio.»

«Tentato. D'accordo, quella persona è ancora viva, allora. Niente danno, niente affanno.»

«Non vuoi sapere chi voleva uccidere?» le chiesi.

Lei fece spallucce.

«Me.»

Spalancò la bocca e mi fissò per un minuto. «Te?» Sembrava sinceramente confusa, sebbene fosse diventata piuttosto brava a mentire da quando aveva cominciato a drogarsi.

«David Briggs ha saputo della mia eredità grazie alla tua espansività durante una delle vostre sessioni di gruppo in riabilitazione. Voleva ottenerla. Ti ha sposata, ha assoldato qualcuno per uccidermi così che tu, in quanto mia erede, avresti avuto tutto.» Nulla di quanto avessi detto era stato provato, ma sapevamo tutti che era vero. Avevamo solamente bisogno di sapere se Beth fosse coinvolta.

«Aspetta... aspetta,» disse lei, sollevando la mano libera.

Io non aspettai, bensì continuai a parlare.

«In quanto tuo marito, ciò che appartiene a te appartiene anche a lui, specialmente dal momento che non avete stipulato alcun accordo prematrimoniale.»

«Non esiste.» Lei scosse violentemente la testa. «David non lo farebbe mai. Non è così. Ti sbagli, Kady. È solo che non riesci a sopportare di vedermi felice, di vedermi con un bellissimo uomo che mi ama. La gelosia ti rende meschina e ti fa inventare certe stronzate.»

«Allora perchè ti trovi qui?»

«Nel Montana? David voleva conoscerti.»

«David voleva finire ciò che quel criminale che aveva assoldato non aveva fatto. Ecco perchè ti ha detto di chiamarmi l'altro giorno, per avere conferma che mi trovassi effettivamente a Barlow. L'uomo che aveva pagato per uccidermi ha fatto irruzione in casa mia quella notte. E questa mattina, lui ti ha chiesto di telefonarmi, non è vero? Non perchè volesse che mi annunciassi del vostro matrimonio, ma per controllare se fossi ancora viva o meno.»

Mi resi conto solo in quel momento di tutte quelle cose. Aveva decisamente senso. Tutto quanto.

«Non ti credo.»

A quel punto mi alzai. Non avevo altro da dire. Non mi avrebbe creduto. Non sua sorella. No, avrebbe creduto alle menzogne che le avrebbe rifilato David Briggs, piuttosto. Era ingenua, vulnerabile e, come aveva detto Archer, le avevano fatto il lavaggio del cervello.

«Non devi credermi. Sceriffo, andrebbe bene se Beth ascoltasse l'interrogatorio di David Briggs?»

«Si può fare.»

Con ciò, me ne andai. Beth era da sola. Dalla mia conversazione, Archer poteva chiaramente vedere che si trattasse semplicemente di una complice ingara. Ma lei aveva bisogno di scoprire la verità riguardo l'uomo che aveva sposato e avrebbe dovuto impararla nel modo più duro.

Le conseguenze erano una brutta bestia. Ma non potevo salvarla da esse. Beth poteva fare affidamento solo su se stessa.

Quando uscii dalla porta, i miei uomini erano lì, ad attirarmi nel loro abbraccio. Dio, avevano un buon profumo. Mi davano una bella sensazione. Erano così grandi, così forti. Così *miei*. Io non ero da sola. Io avevo Cord e Riley. Non sarei mai più stata sola.

$\mathcal{R}$ILEY

«Pensate che io abbia avuto qualcosa a che fare con questa storia?» domandò David Briggs, la voce chiara attraverso il microfono.

Ci trovavamo di nuovo nel piccolo ufficio, questa volta con Kady. Io ero in piedi dietro di lei, con una mano sulla sua spalla mentre guardavamo Archer che parlava con quello stronzo. L'abbraccio che ci eravamo scambiati non era stato abbastanza. Il solo guardarla con sua sorella... cazzo, era stato brutto. Era palese che genere di inferno le avesse fatto passare Beth. La mancanza di apprezzamento, l'egoismo. Avrei voluto entrare ad abbracciare Kady e strangolare Beth allo stesso tempo. Ma Kady se l'era cavata da sola. Era così fottutamente forte, ma ciò non significava che non volessi gettarmela in spalla e portarla via da quella maledetta stazione per andarcene a casa. A casa nostra. Non allo Steele Ranch. Casa di Kady era con noi. La volevo nuda sotto di me.

VANESSA VALE

No, nuda e tra me e Cord. Con i nostri uccelli affondati in lei a farla davvero nostra. A provarle che era lei a tenerci insieme, a renderci una famiglia. Noi tre eravamo una cosa sola.

Un po' sdolcinato, sì. Non mi importava. Mio padre aveva trovato l'amore della sua vita con mia madre. Sebbene fossi stato giovane quando lei era morta, me li ricordavo insieme. La connessione, la devozione. Erano l'esempio cui facevo riferimento in questi casi. E sebbene condividere Kady con Cord fosse del tutto fuori dall'ordinario, era comunque lo stesso. Io le ero devoto. L'avrei protetta a costo della mia vita. L'avrei... l'avrei amata per il resto della mia vita.

Tutto questo gran casino con sua sorella e Briggs aveva solo messo in primo piano la cosa. Non volevo perderla e non appena avessimo finito con quella storia, glielo avrei dimostrato.

«È una drogata,» proseguì Briggs, interrompendo i miei pensieri. «Beth è disperata e ha una stronza di una sorella ricchissima, era un modo facile per ottenere la prossima dose.»

Archer aveva lasciato parlare Briggs per alcuni minuti, facendo il Poliziotto Bravo. Lasciandolo rilassare, facendogli continuare a pensare di non essere nei guai, lasciando che si incastrasse da solo. La valutazione di Archer era stata corretta. Era un pericoloso sociopatico, che mentiva facilmente per scaricare la colpa sugli altri. Potevo solamente immaginare quante volte l'avesse già fatto in passato.

Catturarlo era stato facile. Troppo facile. Non ero stato certo di cosa aspettarmi, ma dopo che un tizio aveva fatto irruzione nella casa principale cercando di uccidere Kady, mi ero immaginato delle pistole. Una specie di momento di stallo come aveva detto Kady. Fucili da stordimento e Taser come minimo. Ma no. Uno degli agenti aveva visto la loro auto a noleggio, quella ricercata. Non era difficile cercare qualcosa da quelle parti. Specialmente sulla strada di contea che portava allo Steele Ranch. Il viale era fatto per pickup a quattro ruote motrici, non per una decappottabile a due porte a trazione posteriore.

Ero felice che l'agente li avesse trovati per primo. Cord voleva uccidere Briggs. Così come gli altri. Anch'io. Ma volevo mandare in prigione quello stronzo, non i miei amici.

Quando eravamo arrivati noi, sia Briggs che la sorella di Kady si erano trovati in piedi di fronte al cofano della macchina, in manette. Niente proiettili. Diamine, Briggs non aveva nemmeno una pistola con sè. Archer disse di averne trovata una nella sua valigia, ma non era per niente comoda da usare in quel momento.

Non era stato pericoloso. Non che avremmo comunque permesso a Kady di venire. E adesso Briggs stava sputando merda e Beth si trovava proprio di fronte al vetro a specchio unidirezionale, con i polsi ammanettati e la bocca spalancata, sconvolta. Non avrei mai indovinato che fossero sorelle. Sorellastre. Se Kady era solare e piena di vita, Beth in confronto era spenta. Era più bassa di diversi centimetri e aveva i capelli scuri, il fisico magro. Era chiaro che avesse avuto una vita difficile. Sembrava... consumata. E sentire le parole del suo nuovo marito doveva averla colpita duramente. Era stata raggirata per bene. Lui aveva usato il suo bisogno di amore contro di lei e questo mi faceva provare un po 'di pena per Beth. Giusto un po'.

«Dunque hai pianificato tutto,» disse Archer.

«Io?» Briggs si indicò, poi rise. Si appoggiò perfino allo schienale della sedia, allungando le gambe davanti a sè, come se si trovasse al bar invece che in galera. «È Beth. È lei quella pazza. È lei che ha parlato dell'eredità di sua sorella e mi ha avvicinato.»

Se fossi stato una donna, l'avrei ritenuto attraente, per cui riuscivo a immaginare come Beth si fosse potuta innamorare di lui. I suoi capelli e occhi scuri uniti alla personalità sociopatica avrebbero potuto convincere qualunque donna a spalancare le gambe – nonché i conti in banca delle sorelle. Ma era anche presuntuoso e un completo stronzo. Guardava Archer dall'alto verso il basso come se lui fosse migliore e come se una volta che lo sceriffo di paese avesse finito di farsi la sua bella chiacchierata, se ne sarebbe semplicemente andato.

«Ti ha puntato una pistola alla testa quando vi siete sposati?» chiese Archer.

Briggs studiò per un attimo lo sceriffo che aveva di fronte, valutò la conversazione e rispose di conseguenza. «Un paio di parole gentili e mi ha aperto le gambe. Se voleva uccidere la sorella, a me stava bene. Mi bastava aiutarla a spendere tutti quei soldi. Omicidio?» Fece spallucce. «Quella è stata tutta un'idea di Beth.»

«No. Dio. No,» mormorò Beth. «Non è vero. Non è vero niente! Io non ne sapevo niente. Sta mentendo!»

Adesso Beth stava piangendo. Tanto. L'agente sollevò una mano e chiuse la comunicazione con la stanza dell'interrogatorio perchè tanto era bastato a farle capire chi fosse davvero l'uomo che aveva sposato. Era stato brutto. Bruttissimo. Briggs avrebbe fatto qualsiasi cosa pur di levarsi dai guai, perfino rigirare la storia dell'omicidio su Beth. Poteva anche essere un drogato, ma ci stava ancora con la testa, eccome. Dovetti immaginare che avesse dei soldi da parte che lo aiutassero a nutrire la sua dipendenza e ad evitargli la disperazione. A tenerlo fuori dal carcere. Non gli impedivano di essere avido, però.

«Andrai dietro le sbarre, Beth,» disse Kady, in tono morbido, ma deciso. «Puoi decidere se vuoi finire in un centro di riabilitazione di sicurezza o in una cella. Sta a te. Devi fare la tua scelta.»

Beth aveva il viso rivolto a terra, a guardarsi i polsi in

manette e il pavimento. Le lacrime le scorrevano lungo le guance pallide.

«Io ti voglio bene,» aggiunse Kady. «Te ne vorrò sempre, a prescindere da ciò che farai. Ma non posso più proteggerti. Se sceglierai di dare una svolta alla tua vita, di ripulirti una volta per tutte dalle droghe, sai dove trovarmi. Proprio qui a Barlow.»

Beth si limitò ad annuire, ma non sollevò lo sguardo. Non ebbe nemmeno la decenza di scusarsi per ciò che aveva fatto, per ciò che le sue azioni avevano quasi causato a sua sorella. Fino a quando non si fosse ripulita e non avesse guardato Kady negli occhi, confessando quanto aveva fatto e scusandosi, non sarebbe rientrata nella sua vita.

Forse anche Kady la pensava così, perchè non disse altro. Si voltò e mi prese per mano. «Io qui ho finito.»

Esatto. Era finita. Tutto quanto. Non avevo dubbio che Archer avrebbe proseguito il suo interrogatorio con Briggs e lo avrebbe ufficialmente arrestato nel giro di poco tempo. Non c'era bisogno che noi restassimo a sentire. Per quanto riguardava Beth? Sua sorella sarebbe sempre stata un peso per Kady. Anche se fosse andata in una clinica di sicurezza, Kady si sarebbe sempre preoccupata. Era fatta così. Ma avrebbe smesso di ritenerla una propria responsabilità ed era arrivato il momento che andasse avanti. Con noi.

La condussi fuori dall'ufficio e all'aria aperta nella notte, con Cord appena dietro di noi. Era tardi, quasi mezzanotte. Le stelle erano come un manto che ricopriva il cielo nero come l'inchiostro. C'era silenzio ovunque. Sebbene l'aria fosse fresca, non faceva freddo. Una nottata perfetta.

«Vi amo,» disse Kady. No, le sfuggì d'impeto, come se l'avesse trattenuto da così tanto tempo che alla fine era esplosa.

Cord si raggelò. Io le strattonai la mano facendola voltare

a guardarmi. Perfino sotto la luce forte dei lampioni del parcheggio, era bellissima.

«Cosa?» le chiesi, anche se l'avevo sentita benissimo.

Lei sollevò lo sguardo su di me, poi su Cord, e si ravviò una ciocca di capelli dietro l'orecchio.

«Vi amo.» Questa volta lo disse con meno convinzione e con una buona dose di dubbio.

«Dolcezza, lo sappiamo,» replicò Cord.

«Voi... lo sapete?» Si accigliò.

Lui la prese per il mento, accarezzandole la guancia con un pollice. «Da tutto quello che dici e fai. Dal modo in cui ci guardi. Il modo così bello in cui ti concedi a noi.»

«Completamente,» aggiunsi io. «Non ti trattieni affatto.»

Era vero. Amava con tutto il suo cuore e noi eravamo due stronzi abbastanza fortunati da averla. Ecco perchè faceva così maledettamente paura. Avevamo il suo perfetto cuore fragile tra le mani.

«È vero quello che hai detto?» chiese Cord. «Che ti troverai qui a Barlow?»

Lei annuì. «Sì. Dio, sì. Non c'è più nulla per me a Philadelphia. Ho tenuto la casa dei miei genitori perchè era sempre stata casa mia, ma senza di loro, senza Beth ad abitarvi, non è più lo stesso. E Beth... be', lei non ci sarà. Chiaramente. Ho avuto fortuna col mio lavoro, ma posso insegnare altrove.»

«Archer ha accennato a quel posto libero alla scuola, dopotutto,» le ricordai io, sentendomi sempre più speranzoso.

«Mi piacerebbe darci un'occhiata. Mi piacerebbe restare.»

«Con noi?» aggiunsi io.

Lei roteò gli occhi. «Ma certo, con voi. Nessun altro mi ha regalato dei gioielli.»

«Vuoi un bel brillante al dito che si abbini a quello che ti abbiamo preso per il di dietro?»

Lei rise, poi smise di colpo. Si immobilizzò. «Era una proposta di matrimonio?»

«Sei nostra, Kady. Non ci serve un anello per saperlo,» le dissi io, guardandomi attorno. «Ma se mai dovessimo farti una proposta di matrimonio, non sarebbe nel parcheggio della stazione di polizia.»

«Io penso che qui sarebbe perfetto,» replicò lei, la voce esile. «Una storia da raccontare ai nipoti.»

Cord sembrava essere stato investito da un tir.

«Vuoi dei figli?» le chiese.

«Sì.»

«Adesso?» Il tir si stava dirigendo a gran velocità verso di me, perchè tutte le parole che le stavano uscendo dalla bocca mi sorprendevano sempre di più.

Lei piegò la testa di lato, mordendosi un labbro. «Be',» rispose, allungando la sillaba per qualche secondo. «Magari non stanotte, dal momento che mi, um... scoperete nel culo invece che nella figa.»

Il tir mi investì in pieno. *Cazzo.*

Lei ci fissò, in attesa di una nostra risposta. Io non ci riuscivo. Il cervello mi era andato letteralmente in cortocircuito. Kady ci amava, voleva sposarci e avere un figlio con noi. Oh, e voleva che la scopassimo da dietro, dov'era vergine.

A me stava bene.

CORD

Grazie a Dio ci trovavamo in città e non al ranch. Perchè quando praticamente mi trascinai Kady fino al furgone di Riley, ce la sbattei dentro issandola sul sedile anteriore e le misi la cintura, se non altro ci vollero solamente tre minuti di macchina fino a casa nostra e altri trenta secondi per farla arrivare di fronte al mio letto.

Non avevamo spiccicato parola da quando lei ci aveva detto di volere che la prendessimo da dietro. E non solo quello, che voleva sposarci e avere dei figli da noi. Non c'era nulla da dire, specialmente non in quel dannato parcheggio.

Mi inginocchiai di fronte a lei e la guardai negli occhi. «Dolcezza, ti amo. Mi sono innamorato di te nell'istante in cui ho visto la tua foto. Il mio cuore ti appartiene da allora. So che sono passati solamente tre giorni da quando ci siamo incontrati per la prima volta, ma al diavolo. Hai detto di amarci e non puoi rimangiartelo.»

«Tieni,» disse Riley. Lo guardammo entrambi mentre si tirava via l'anello d'oro con sigillo che aveva al mignolo e glielo porgeva. «Era di mio padre. Adorerebbe sapere che lo indossi tu.»

Io lo presi, sollevai la mano sinistra di Kady e glielo misi all'anulare. Era leggermente grande, ma le avremmo procurato un vero anello di fidanzamento più avanti. Qualcosa con un diamante fottutamente grande. Ma conoscendo Kady, lei avrebbe voluto quell'anello improvvisato, semplicemente rimpicciolito. Ecco cosa amavo di lei. «Sposaci.»

Le vennero le lacrime agli occhi e le colarono lungo le guance. «Sì!» urlò, prendendomi il volto tra le mani e chinandosi a baciarmi.

Fu passionale, focoso, con un sacco di lingua.

Quando finalmente sollevò la testa, guardò Riley, lo raggiunse e baciò anche lui. Cazzo, il solo guardarli insieme mi eccitava.

Mi premetti il palmo della mano sul cavallo dei pantaloni cercando di alleviare la pressione nel pene. Era durissimo, così maledettamente impaziente di infilarsi dentro la nostra donna per dimostrarle quanto significasse per noi.

«Sei sicura di volere che ti scopiamo da dietro? Quel plug ha fatto un buon lavoro nel prepararti, ma devi essere pronta anche qui dentro.» Riley le picchiettò con delicatezza un dito sulla testa.

«Lo sono. Sono pronta. Mi-mi è piaciuto il plug e il modo in cui avete giocato lì dietro. Mi sono piaciute anche le vostre dita, per cui so che mi piacerà qualcosa di più grande.»

«Non ci limiteremo ad infilarci lì dentro, dolcezza,» chiarii io. «Io mi prenderò quello stretto buco vergine mentre Riley ti penetrerà a fondo nella figa. Stanotte, ti prenderemo insieme.»

Lei gemette ed io osservai il suo sguardo velarsi di desiderio. «So che mi farete stare molto bene. Lo fate sempre.»

Io sogghignai, il mio pene si gonfiò e l'uomo delle caverne che era in me praticamente ringhiò. «La donna viene sempre per prima. E più di una volta.»

Riley le ravviò i capelli con una carezza e le fece scivolare la mano lungo il collo e poi ancora più in basso fino a prenderle un seno. «Per quanto riguarda quel bambino... So che stai prendendo la pillola, quindi ora smetterai di assumerla e vedremo che succede. Magari ti riempiremo abbastanza del nostro seme da farlo attecchire.»

Lei si leccò le labbra lucide, fece un passo indietro fino a incontrare con la parte posteriore delle gambe il mio letto e piegò un dito, con l'anello di Riley che scintillava riflettendo la luce.

Ci avvicinammo e lei slacciò i miei jeans, poi quelli di Riley, finchè le nostre erezioni non furono scoperte e puntate contro di lei. Sollevando lo sguardo su entrambi da sotto le sue bellissime ciglia rosse, sussurrò, «Voglio tutto quel seme. Datemelo.»

Io per poco non venni subito. Cazzo, non ne avrei mai avuto abbastanza di quella donna. Era mia. Nostra. Era il momento di mostrarle quanto. E se voleva il nostro seme, glielo avremmo dato. Tutto quello che desiderava. Tutto quello che sarebbe riuscita a prendere. Perchè da quel momento in avanti, eravamo gli unici che gliene avremmo mai dato. Mai.

15

𝒦 ADY

Io non ero un tipo spontaneo. Chiunque mi conoscesse a Philadelphia sarebbe stato d'accordo. Ma sin da quando avevo messo piede nel Montana, ero una persona nuova. Mi ero innamorata di due uomini. Immediatamente. Ero passata dal trovarmi indifferente all'idea di un bambino al volerne uno subito. Mi ero fidanzata. Fidanzata!

Non avevo discusso, protestato, riflettuto o qualsiasi altra parola da Scarabeo ci fosse per descriverlo. Avevo seguito l'istinto e, cosa più importante, il cuore. E adesso avevo un anello al dito e due uomini che mi spogliavano del tutto.

«Adoro questa piccola linea di peli rossi,» mormorò Riley mentre si chinava ai miei piedi e mi baciava dritta sopra la vagina. Il mio clitoride, appena sotto le sue labbra, pungeva e pulsava, impaziente di essere il prossimo. Le mani che gli tenevo sulle spalle si spostarono tra i suoi capelli per spingerlo in quella direzione. Mi vidi il suo anello al dito e

155

seppi che non si trattava di una semplice scopata selvaggia. Non lo era mai stata. Nemmeno quella prima sera sulla veranda. Questo era per sempre. Sentii gli abiti di Cord cadere a terra, la sua cintura che tintinnava al contatto col pavimento.

«Vuoi qualcosa?» mi chiese Riley, con tono leggermente canzonatorio.

«La tua bocca,» mormorai io, abbassando lo sguardo nei suoi occhi chiari.

Cord fece il giro dietro di me, si sedette sul bordo del letto e mi circondò con le braccia per prendermi i seni nelle mani. Ero circondata da uomini. Proprio come avevano detto che sarei stata. Presto, avrei avuto i loro uccelli tra le gambe. Fino ad allora, mi sarei sentita vuota.

«Dove?» proseguì Riley.

Io gemetti mentre mi dava un altro bacio, questa volta sull'interno coscia, facendomi allargare le gambe.

«Il clitoride,» esalai.

Non appena Riley smise di stuzzicarmi e mise la bocca esattamente dove la volevo, Cord mi prese i capezzoli tra le dita e li strattonò, li pizzicò e ci giocò. Quella combinazione mi fece chiudere gli occhi e azzerare la mente. Sentii le labbra di Cord lasciarmi baci lungo la colonna vertebrale, mentre la bocca di Riley mi divorava ogni centimetro della passera, calda e bagnata.

Tutto ciò che riguardava Beth svanì in un lampo. Non del tutto, poichè non avrei potuto dimenticare quanto successo, ma mi ero resa conto che tutto ciò che potevo fare era volerle bene. Niente di più. E quello avrei potuto farlo, a prescindere dalle sue scelte.

Per cui era arrivato il momento di andare avanti con la mia vita e questo significava, almeno per il resto della serata, farmi scopare per bene dai miei uomini. Quando Riley mi infiò un dito dentro, curvandolo alla perfezione sopra il mio punto G, venni con un grido mozzato. All'istante.

«Dio, non sono mai stata così.»

Riley tirò fuori il dito, se lo succhiò fino a ripulirlo. Mentre lo faceva, mi guardava, gli occhi socchiusi e la bocca che luccicava, bagnata del mio piacere. «Così come?» mi chiese dopo essersi leccato le labbra.

«Non mi è mai stato così facile venire. Sono durata, quanto, trenta secondi?»

Cord mi attirò all'indietro per farmi sedere su di lui, con le gambe sopra le sue. Riuscivo a sentire i peli morbidi del suo petto contro la mia schiena sudata.

«Dolcezza, sei fatta per noi. Conosciamo il tuo corpo, sappiamo di cosa ha bisogno, che cosa ti eccita.» La sua mano mi fece il giro della vita e mentre lui allargava le proprie gambe, le mie si aprivano così da espormi del tutto. Mi fece scivolare la mano tra le cosce aperte e sulla figa scivolosa – e sensibile – per poi entrarmi dentro fino in fondo con un dito. «Cosa ti fa venire. Tocca a me.»

Mosse con delicatezza la mano, sfregandone il palmo sul mio clitoride, così sensibile dopo le attenzioni della bocca di Riley. Lui era ancora in ginocchio, che ci guardava. «Riesco a vedere come prendi a fondo il dito di Cord. Presto ci sarà il mio uccello lì dentro.»

Riley si alzò, ma non distolse lo sguardo mentre si spogliava. Io tenni gli occhi aperti, guardai il suo corpo forte e muscoloso scoprirsi un centimetro alla volta. E il suo pene, quando mi puntò contro, era impaziente e pronto, la punta larga che gocciolava liquido preseminale come se non sarebbe stato in grado di resistere un altro secondo.

«Esatto, dolcezza. Lo vedi? I testicoli di Riley sono così pieni di seme che non riescono a trattenerlo tutto. Prendilo in bocca. Succhiaglielo.»

Io mi leccai le labbra all'idea di sentire quell'erezione dura scivolarmi in bocca, sentirne il calore, il sapore. Riley si avvicinò, afferrandosi alla base con un pugno e posandomi delicatamente la punta contro le labbra.

Aprendo la bocca, lo presi, facendo scorrere la lingua attorno all'estremità e leccandolo tutto. Il suo sapore salato mi fece venire l'acquolina in bocca e ne desiderai ancora. Gemetti quando Cord riprese a scoparmi con le dita.

Per quanto stessi facendo del mio meglio, non riuscivo a concentrarmi sul fare un buon lavoro nel succhiare Riley perchè Cord mi portò dritta fino al limite per poi farmelo superare. Gridai attorno all'erezione che mi riempiva la bocca.

Riley indietreggiò di colpo, con la mano che mi si posava sulla testa per tirarmi via dal suo pene. «Cazzo, Kady, è stato incredibile, ma voglio vedere il mio seme dentro la tua figa.»

«Prendimi il lubrificante,» disse Cord.

Riley andò al comò, afferrò il piccolo tubetto dal primo cassetto e ce lo portò. Il suo pene adesso era di un colore violaceo e luccicava della mia saliva, con la vena che pulsava lungo tutta la lunghezza. Sotto di esso, i testicoli pendevano grandi e pesanti, un chiaro segno della sua virilità, della quantità di seme che sapevo mi avrebbe riempita presto. Che sarebbe esplosa da dentro di lui per scivolargli attorno e scendermi lungo le cosce.

Sentii il tappo del tubetto aprirsi e il rumore del lubrificante che ne veniva spremuto fuori da Cord per spalmarsi sulle sue dita un attimo prima che le percepissi contro la mia apertura posteriore. Visto il modo in cui gli ero seduta in braccio, ero completamente aperta per lui, perfino lì.

«Spostati più avanti. Brava ragazza. Sì. Lascia entrare il mio dito. Respira. Così. Oh, lo senti?»

Io gemetti. Ovvio che sentivo il suo dito dentro di me. Il lubrificante lo rendeva scivoloso, e dal momento che mi ero abituata al plug, i miei muscoli si rilassarono piuttosto facilmente per lasciarlo entrare. Chinandomi in avanti, mi appoggiai con le mani alle sue cosce, i suoi peli che mi solleticavano i palmi.

«Un altro dito. Un altro po' di lubrificante. Così stretta. Senti come scivolo dentro e fuori? Presto sarà il mio uccello a farlo. Oh, ti piace?»

Quello sfrigolio, un leggero bruciore, un piccolo accenno di dolore misto al più intenso piacere di sempre. Magari era perchè ero già venuta due volte, ma mi rendeva solamente più impaziente di farlo ancora. Sensazioni diverse, questa volta. Più oscure. Più intime. Mi sentivo come se mi stessi donando a loro completamente.

Vedevano tutto. Sapevano tutto.

Non avevo idea di quanto a lungo Cord avesse giocato con me, mi avesse preparata. Persi il senso del tempo, mi abbandonai semplicemente alle sensazioni. Ancora una volta, Riley era in ginocchio di fronte a me, a far scorrere con estrema delicatezza il pollice sul mio clitoride. Se avessi chiuso gli occhi, non sarei nemmeno stata sicura che lo stesse facendo. Ma bastava a rendere il piacere ancora migliore. Le sensazioni che riconoscevo, la stimolazione del clitoride, i miei muscoli interni che pulsavano e si contraevano col desiderio di accogliere un pene fino in fondo, si univano tutte al mio nuovo interesse di averne un altro ad allargarmi e penetrarmi l'ano vergine.

Gemetti quando Cord estrasse le sue dita. Altro lubrificante, altri suoni umidi mentre se lo spalmava molto abbondantemente sul pene – anche se non riuscivo a vedere cosa stesse facendo.

«È ora.» La voce di Riley mi fece aprire gli occhi, facendomi incrociare quello sguardo chiaro. «Pronta? Sei pronta ad essere fatta nostra?»

Io annuii, i capelli lunghi appiccicati alla pelle umida della nuca.

La mano grande di Cord mi corse lungo la schiena, piegandomi ancora più in avanti. Riley si spostò e mi baciò, divorandosi i miei gemiti e i miei sussulti mentre Cord posizionava la propria erezione contro il mio ano e mi afferrava per i fianchi, attirandomi con prudenza all'indietro su di sè. La punta mi toccò e cominciò a spingere, si ritrasse e avanzò di nuovo finchè io finalmente non esalai, rilassandomi abbastanza da lasciarla entrare.

Urlai contro le labbra di Riley e lui si allontanò. Mi guardò in viso mentre Cord si prendeva la mia ultima verginità. Il pene di Cord era molto più largo delle sue dita, la sensazione del suo ingresso, sentirmi stretta, ma allo stesso tempo aperta, fu un mix inusuale di disagio e di straordinario piacere.

Attentamente, lentamente, lui si fece strada sempre più a fondo, tirandosi indietro per poi spingersi in avanti finchè eventualmente non fui di nuovo seduta sulle sue cosce. Questa volta, ero penetrata. Non potevo muovermi, dimenarmi o nemmeno spostarmi leggermente. Riuscivo a malapena a respirare.

La mano di Riley mi si infilò di nuovo tra le gambe, il pollice a scorrermi in circolo attorno al clitoride. Urlai e Cord gemette. «Cazzo, mi ha stretto l'uccello in una maniera pazzesca.»

«Immagina come sarà quando le entrerò dentro anch'io. Sei pronta per entrambi?»

Io annuii, cercando di respirare lentamente e con calma.

«Brava ragazza.»

Cord mi avvolse con un braccio, stringendomi un seno in una delle sue grandi mani mentre mi tirava indietro contro di sè. Si prese il suo tempo, muovendosi lentamente così da permettermi di adattarmi allo spostamento del suo pene dentro il mio ano. Con un controllo da esperto, si sdraiò completamente sulla schiena, trascinandomi con sè, le ginocchia di entrambi piegate e la parte inferiore delle gambe oltre il bordo del letto. Io appoggiai la testa alla sua spalla.

Riley si infilò tra le mie cosce aperte, si chinò in avanti e mi mise le mani ai lati della testa sul letto. Abbassò lo sguardo su di me.

«Tocca a me.»

Spostò i fianchi, trovò la mia figa e mi scivolò dentro in un unico movimento lento e lungo.

«Oddio. Ommioddio.» Quelle parole continuavano a scapparmi dalle labbra mentre mi riempiva. Mi sentivo stretta, così stretta con due peni dentro. Non avevo mai provato nulla di simile. Ogni singola terminazione nervosa mi veniva accarezzata da un'erezione.

E come se ciò non fosse bastato, la mano libera di Riley mi si posò su un seno, stuzzicandomene il capezzolo.

«Va bene?» mi chiese.

Io sollevai lo sguardo sul suo volto preoccupato, vidi il modo in cui teneva serrata la mascella, come si stesse trattenendo. «Sì. Ho bisogno... ho bisogno che tu ti muova.»

Lui a quel punto sogghignò. «Sissignora.»

Si ritrasse mentre sentivo i fianchi di Cord spingere verso l'alto. Una spinta piccola, ma abbastanza da farmi annaspare.

«Tutto ciò che devi fare è sentirci e venire. Quando e quanto vuoi.»

Quelle parole di Riley furono le ultime. Ci furono solamente più gemiti e sussulti, sospiri e grida di piacere.

Io venni. Non potevo fare altro, intrappolata tra i miei due uomini. Protetta, al riparo. Amata. Soddisfatta.

Diedi loro tutto e, in cambio, loro mi diedero i migliori orgasmi della mia vita. Urlai durante l'ultimo, poi mi abbandonai mentre loro mi scopavano. Sentii il pene di Cord gonfiarsi dentro di me un attimo prima che si desse l'ultima spinta, immobilizzandosi. La sensazione calda del suo seme a fondo dentro il mio ano venne specchiata dai getti di quello di Riley che mi riempirono la figa.

Adoravo il fatto che traessero così tanto piacere da me, che li privassi così tanto della ragione, che fossero guidati dall'istinto basilare maschile di cercare il piacere, di riempirmi col loro seme così che potessimo fare un bambino.

Magari non quella volta, ma presto.

Una volta che si fu ripreso, Riley mi strinse le braccia dietro la schiena e mi sollevò, liberandomi delicatamente dal pene di Cord.

«Facciamoci una doccia, Kady, poi potrai dormire.»

Io non mi lamentai. Stare tra le sue braccia era bello. Trovarmi sotto un getto d'acqua calda, sentire quattro mani lavarmi e rilassarmi fu ancora meglio. E quando fui asciutta e mi trovai sotto le lenzuola fresche, con un uomo da una parte e uno dall'altra, seppi che la mia vita non avrebbe potuto migliorare ulteriormente.

«Continuate a dire che vi appartengo,» dissi. Avevo gli occhi chiusi e mi stavo godendo quella pace del dormiveglia. Le endorfine del dopo-scopata mi pompavano nel sangue.

«È così,» disse Cord, il tono che non ammetteva repliche, specialmente non dopo quello che avevamo appena fatto. Io mi sentivo dolorante e sensibile, ma era un delizioso promemoria del loro amore per me. Di ciò che avevo fatto io per dimostrare il mio amore per loro.

«Eccome,» borbottò Riley.

«Be', allora voi siete miei. Entrambi. Voi due mi appartenete.»

Sentii una mano accarezzarmi i capelli mentre mi arrendevo al sonno. Prima di addormentarmi, sentii la parola che mi venne sussurrata, «Sissignora.»

UNA NOTA DI VANESSA...

Non preoccupatevi, arriverà dell'altro dallo Steele Ranch!

Ma indovinate un po'? Ho del materiale bonus per voi. Un po' di amore in più con Cord, Riley e Kady. Per cui registratevi alla mia mailing list. Ci sarà del materiale bonus per ogni libro della serie dello Steele Ranch dedicato esclusivamente agli iscritti. La registrazione vi permetterà anche di conoscere tutte le mie prossime uscite non appena verranno annunciate (e otterrete un libro gratis... wow!)

Come sempre... grazie per aver apprezzato i miei libri e la cavalcata selvaggia!

ISCRIVITI ALLA NEWSLETTER

Unisciti alla mailing list per essere informato per primo su nuove uscite, libri gratuiti, premi speciali e altri omaggi dell'autore.

http://vanessavaleauthor.com/v/db

VOGLIO DI PIÙ?

CONTESA - Steele Ranch - 2

Un estratto

JAMISON

Osservai gli avventori entrare e uscire da Lo Sperone di Seta. Dal momento che era una serata di balli di gruppo al bar del paese situato in periferia, il posto era pieno di gente. A differenza di tutti gli altri che entravano con l'idea di divertirsi, io combattevo l'impulso di farlo. No, combattevo con me stesso perché *lei* era lì dentro. Ed io stavo ignorando il mio uccello premuto contro il mio interno coscia, dolorosamente duro e senza la minima possibilità di sgonfiarsi. Se avessi dato retta a quello che voleva lui, mi sarei infilato dritto dentro di lei già da tempo. Ma io non vivevo secondo le regole del mio uccello – non avevo più diciannove anni – fino a quel momento. Fino a *lei*.

L'avevo vista entrare con Shamus e Patrick e qualcun altro del ranch più di un'ora prima. Sì, la stavo seguendo, ma aveva bisogno di qualcuno che la tenesse d'occhio. Che la proteggesse. Se messa a confronto con alcune delle donne in minuscoli pantaloncini che appena coprivano le natiche e magliette striminzite, lei era vestita in maniera piuttosto modesta con una gonna di jeans, degli stivali da cowboy e una camicetta western.

Non importava che indossasse quella roba o un sacco di iuta, comunque. Riuscivo ad immaginare ogni centimetro del suo corpo al di sotto degli abiti. Un bel pacchettino piccolo e voluttuoso. Importava solamente che nessun altro vedesse tutta quella perfezione. Strinsi il volante, le nocche che sbiancavano, sapendo che avrei pestato a sangue chiunque le avesse anche solo posato un dito addosso. Tranne Boone. Lui volevo guardarlo metterle le mani ovunque.

Cazzo. Me ne stavo seduto in macchina nel parcheggio, a non fare un bel niente. Erano passati tre giorni da quando avevo posato gli occhi per la prima volta su Penelope Vandervelk, la seconda delle figlie ed eredi di Steele ad arrivare in Montana, e da allora, non avevo pensato ad altro che a lei. I suoi lunghi capelli biondi. Quanto fosse piccola. Ero più che certo che non mi arrivasse nemmeno alla spalla. I suoi occhi azzurri. E quelle tette e quel culo. Per una così minuta, aveva più curve di una strada di montagna. Senza dubbio quelle belle collinette mi avrebbero riempito i palmi, e i suoi fianchi... sarebbero stati perfetti da afferrare e stringere mentre me la scopavo da dietro.

Gemetti all'interno della cabina del mio furgone. La volevo con una disperazione che non avevo mai provato prima. Avevo visto il modo in cui Cord Connolly e Riley Townsend avevano perso in fretta la testa per Kady Parks. Sebbene non avessi riso della rapidità e dell'intensità del loro legame, di certo avevo dubitato che sarebbe mai successo a me. Mi ero decisamente, fottutamente sbagliato. Diamine, sarebbero stati loro a ridere di *me* in quel preciso istante, se avessero saputo cosa stavo facendo. Di nuovo, un bel niente e con il cazzo duro come una spranga.

Volevo Penelope. Il mio uccello – e il mio cuore – non avrebbero voluto nessun'altra. Non vedevo più le altre donne, ormai. Troppo alte, troppo magre, troppo... chissene frega. Non importava. Non erano *lei*.

La parte peggiore? Aveva ventidue anni. Cristo, io ne avevo sedici più di lei. Sedici! Abbastanza da sapere che non avrei dovuto portarla sulla cattiva strada. E quello che avrei voluto farle l'avrebbe portata su una strada pessima. Avrei dovuto lasciarla in pace. Avrei dovuto lasciare che si trovasse un ragazzo della sua età. Sì, uno giovane. Nessun ragazzino sapeva maneggiare una figa con un minimo di destrezza. Si sarebbe persa ciò che io e Boone avremmo potuto darle, ciò che si meritava. Eppure sapevo che era sbagliato. Ecco perché si trovava allo Sperone di Seta con Patrick e Shamus. Loro andavano ancora al college, erano nati nel suo stesso cazzo di decennio. Così anche gli altri aiutanti del ranch con cui si trovava. L'avevano invitata ad andare a ballare con loro, un gruppo di uomini che si sfruttavano a vicenda per avvicinarsi a lei. Eppure, il solo pensiero che uno di loro la toccasse – diamine, che anche solo pensasse di infilarsi tra quelle cosce sexy – mi faceva vedere rosso, cazzo.

Io e Boone eravamo gli unici che avremmo visto quelle belle tette, succhiato i suoi capezzoli. Assaggiato tutto quel dolce miele appiccicoso direttamente dalla fonte. L'avremmo sentita urlare i nostri nomi mentre veniva. Mentre mi spremeva il cazzo e mi estraeva ogni goccia di seme dai testicoli.

Cazzo, sì. E una volta che mi avesse prosciugato, l'avrei guardata godersi il suo turno con Boone, perché un solo cazzo duro non sarebbe stato abbastanza per lei. Il mattino dopo non sarebbe più stata in grado di camminare normalmente e non si sarebbe ricordata nemmeno il proprio nome.

Ed ecco perché mi trovavo lì. Mi ero tenuto già abbastanza a distanza. Il mio uccello mi diceva di andarmela a prendere. La mia mente mi diceva di tenere giù le mani. Fino a quel momento. Mi meritavo una cazzo di medaglia per essermi trattenuto fino a quella sera. Tre giorni di fottuta tortura. Ora basta. Il solo pensiero di lei che ballava e agitava quel sedere perfetto di fronte ad altri uomini mi fece perdere l'ultimo briciolo di determinazione. Avevo aspettato che arrivasse *Quella Giusta.* Trentott'anni. Qui non si trattava di una sveltina. Non si trattava di uno sfizio che dovevo levarmi. No. Questa era la volta buona.

Volevo Penelope – per sempre – e l'avrei avuta.

Una volta presa la decisione, afferrai il cellulare e chiamai Boone.

«Mi arrendo.»

Fu tutto quello che dissi, ma lui sapeva esattamente di cosa stessi parlando. «Era pure ora che ti dessi una svegliata. Il mio uccello è stufo di andare avanti a seghe.»

Sembrava che avesse popolato le fantasie di entrambi negli ultimi giorni. Mentre Boone se l'era menato pensando a Penelope, io avevo voluto conservare ogni singola goccia di seme per lei e avevo i testicoli che pulsavano in segno di protesta. La mia mano non sarebbe più bastata. Tutto ciò che sarebbe servito sarebbe stato darle un'occhiata e avrei voluto venire con quella bella figa stretta avvolta attorno a me, calda e bagnata. Per sempre.

Boone si era trovato al ranch quando lei era arrivata il primo giorno, quando era scesa dalla piccola decappottabile carica della sua roba. Dolce, giovane, innocente. Fottutamente bellissima. Mi aveva rivolto *quell'occhiata* ed io avevo capito che stavamo pensando la stessa cosa. Era lei quella giusta. Sarebbe stata nostra. Dal momento che io non ero stato pronto, che avevo lottato con tutte le mie forze per tenermi a distanza a parte le presentazioni di base, lui si era trattenuto dall'avvicinarla in cerca di altro. L'avremmo fatto insieme perché sarebbe appartenuta ad entrambi. L'avremmo presa, rivendicata, scopata, amata. Insieme.

Ovviamente, lui aveva sempre saputo che prima o poi avrei ceduto a quella tentazione dai capelli biondi. Odiavo quella sua profonda e infinita pazienza. L'avevo odiata sin da bambino, maledizione a lui. Non che io fossi pronto a scattare alla minima provocazione, ma in confronto a Boone, ero decisamente precipitoso e spontaneo. Ecco perché lui era un ottimo dottore. Le sue parole, tuttavia, dimostravano che non era poi così tranquillo nei confronti di Penelope quanto avessi pensato.

«Vieni allo Sperone di Seta,» sbottai, aprendo la portiera del mio furgone e scendendo. «È ora di prenderci la nostra ragazza.»

L'AUTORE

Vanessa Vale è l'autrice bestseller di USA Today di oltre 50 libri, romanzi d'amore sexy, tra cui la famosa serie d'amore storica Bridgewater e le piccanti storie d'amore contemporanee, che vedono come protagonisti ragazzi cattivi che non si innamorano come gli altri, ma perdutamente. Quando non scrive, Vanessa assapora la follia di crescere due ragazzi e cerca di capire quanti pasti può preparare con una pentola a pressione. Pur non essendo abile nei social media come i suoi figli, ama interagire con i lettori.

TUTTI I LIBRI DI VANESSA VALE IN
LINGUA ITALIANA

https://vanessavaleauthor.com/book-categories/italiano/

Lightning Source UK Ltd.
Milton Keynes UK
UKHW021059110520
363093UK00006B/783